古典詩歌研究彙刊

第十六輯

龔鵬程 主編

第 19 冊

金元詠梅詞研究（下）

鄭琇文 著

國家圖書館出版品預行編目資料

金元詠梅詞研究（下）／鄭琇文 著 — 初版 — 新北市：花木蘭文化出版社，2014〔民 103〕

目 2+180 面；17×24 公分

（古典詩歌研究彙刊 第十六輯；第 19 冊）

ISBN 978-986-322-837-0（精裝）

1.金代文學　2.元代　3.詞論

820.91　　　　　　　　　　　　　　　　103013525

ISBN-978-986-322-837-0

9 789863 228370

古典詩歌研究彙刊
第十六輯　第十九冊　　　　　ISBN：978-986-322-837-0

金元詠梅詞研究（下）

作　　　者　鄭琇文
主　　　編　龔鵬程
總 編 輯　杜潔祥
副總編輯　楊嘉樂
編　　　輯　許郁翎
出　　　版　花木蘭文化出版社
社　　　長　高小娟
聯絡地址　235 新北市中和區中安街七二號十三樓
　　　　　　電話：02-2923-1455／傳眞：02-2923-1452
網　　　址　http://www.huamulan.tw 信箱 hml 810518@gmail.com
印　　　刷　普羅文化出版廣告事業
初　　　版　2014 年 9 月
定　　　價　第十六輯 21 冊（精裝）新台幣 32,000 元

金元詠梅詞研究（下）

鄭琇文　著

附錄一　金元詠梅詞一覽表

編號（箋注頁次）	作　者	詞作（《全金元詞》頁次）
一　　頁208	金・蔡松年	〈念奴嬌〉僕來京洛三年未嘗飽見春物。今歲江梅始開，復事遠行。虎茵、丹房、東岫諸親友折花酌酒於明秀峰下，仍借東坡先生赤壁詞韻，出妙語以惜別。輒亦繼做，致言嘆不足之意。 首句：倦游老眼（頁9）
二　　頁212	蔡松年	〈點絳脣〉同浩然賞崔白梅竹圖 首句：半幅生綃（頁18）
三　　頁213	金・趙秉文	〈滿江紅〉上清宮蠟梅 首句：傑觀雄樓（頁48）
四　　頁216	金・張檝	失調名　贈梁梅 首句：誰知幽谷裏（頁50）
五　　頁216	金・李獻能	〈江梅引〉為飛伯賦青梅 首句：漢宮嬌額倦塗黃（頁51）
六　　頁220	金・李俊民	〈洞仙歌〉謝楊成之寄梅 首句：隴頭瀟灑（頁59）
七　　頁223	李俊民	〈謁金門〉西齋得梅數枝，色香可愛。一日為澤倅崔仲明竊去，感嘆不已，因賦謁金門十二章，以寫其悵望之懷。 寄梅 首句：開未徹（頁62）

八	頁 224	李俊民	〈謁金門〉探梅 首句：誰便道（頁 62）
九	頁 225	李俊民	〈謁金門〉賦梅 首句：金的皪（頁 62）
十	頁 226	李俊民	〈謁金門〉歎梅 首句：頻點檢（頁 63）
十一	頁 228	李俊民	〈謁金門〉慰梅 首句：誇獨秀（頁 63）
十二	頁 229	李俊民	〈謁金門〉賞梅 首句：全不讓（頁 63）
十三	頁 230	李俊民	〈謁金門〉畫梅 首句：偷造化（頁 63）
十四	頁 231	李俊民	〈謁金門〉戴梅 首句：花譜內（頁 63）
十五	頁 231	李俊民	〈謁金門〉別梅 首句：懷抱惡（頁 63）
十六	頁 233	李俊民	〈謁金門〉望梅 首句：春一半（頁 63）
十七	頁 234	李俊民	〈謁金門〉憶梅 首句：多少恨（頁 63）
十八	頁 235	李俊民	〈謁金門〉夢梅 首句：隨健步（頁 63）
十九	頁 236	金・元好問	〈鵲橋仙〉同欽叔欽用賦梅 首句：孤根漸暖（頁 93）
二十	頁 238	元好問	〈點絳脣〉青梅永寧時作 首句：玉葉瓏瓏（頁 107）
二十一	頁 239	元好問	〈蝶戀花〉同樂舜咨郎中夢梅 首句：梅信初傳金點小（頁 110）
二十二	頁 241	元好問	〈梅花引〉同張仲經楊飛卿賦青梅 首句：綠華仙萼彩雲間（頁 115）
二十三	頁 243	元好問	〈點絳脣〉三 首句：玉蕊輕明（頁 122）

二十四	頁 244	金・長筌子	〈天香慢〉梅 首句：萬木歸根（頁 582）
二十五	頁 247	元・劉秉忠	〈點絳脣〉梅 首句：策杖尋芳（頁 620）
二十六	頁 248	劉秉忠	〈點絳脣〉梅 首句：恰破黃昏（頁 620）
二十七	頁 249	元・白樸	〈木蘭花慢〉覃懷北賞梅，同參政西庵楊丈，和奧敦周卿判韻。 首句：記羅浮仙子（頁 638）
二十八	頁 254	白樸	〈木蘭花慢〉復用前韻，代友人宋子治賦。 首句：望丹東沁北（頁 638）
二十九	頁 256	白樸	〈秋色橫空〉詠梅，順天張侯毛氏以太母命題索賦。 首句：搖落初冬（頁 641）
三十	頁 259	白樸	〈清平樂〉李仁山檻中蟠桃梅 首句：前村瀟灑（頁 646）
三十一	頁 261	元・胡祗遹	〈木蘭花慢〉酬宋鍊師贈梅 首句：愛清香疎影（頁 696）
三十二	頁 263	元・魏初	〈木蘭花慢〉宋漢臣墨梅並序嘉譯宋公於予爲世契兄，向過洛陽，吾兄適宰是郡，尊酒留連者累日，邇後訃音至長安，予不勝驚悼。今年以事來京都，其弟義甫秘監會予於東溪，出示嘉議墨梅橫幅，因作長短句一章，兼致區區追挽之意云。 首句：愛筆端造化（頁 699）
三十三	頁 266	魏初	〈太常引〉黨氏園庭紅梅，次徐子方韻。 首句：亭亭清瘦阿誰鄰（頁 706）
三十四	頁 267	元・張之翰	〈江城子〉瓶梅 首句：隔簾風動玉娉婷（頁 708）
三十五	頁 269	張之翰	〈太常引〉紅梅 首句：幽香拍塞滿比鄰（頁 720）
三十六	頁 270	張之翰	〈太常引〉紅梅 首句：兩株如玉瘦相鄰（頁 720）

三十七	頁271	張之翰	〈賀新郎〉余家古瓶蠟梅忽開，清香可愛，質之范石湖梅譜，乃宿葉而佳者也。且云，素題難詠，山谷簡齋但作小詩而已，在簡齋餘作且勿論，偶不及東坡長句，因以樂府賀新郎見意。 首句：不受鉛朱汙（頁721）
三十八	頁274	元·盧摯	〈蝶戀花〉春正月八日，借榻劉氏樓居，翌日早首，賦瓶中紅梅，以蝶戀花歌之。 首句：冰褪鉛華臨雪徑（頁726）
三十九	頁275	盧摯	〈天仙子〉用韻和趙平原折贈黃香梅作，並序致政宣慰平遠趙公園館，黃香梅始華，折枝走伻，乃賦樂府〈天仙子〉，藉以見餉，用韻和之，聊答盛意。 首句：半額淡妝鸞影翠（頁726）
四十	頁278	盧摯	〈梅花引〉和趙平原催梅 首句：綠華縹緲彩雲間（頁726）
四十一	頁280	元·張弘範	〈點絳脣〉賦梅 首句：春日前村（頁730）
四十二	頁280	元·姚燧	〈木蘭花〉劉子善得長德壽梅圖，持歸鎮江，壽其父梅軒。 首句：壽梅紙本傳常武（頁736）
四十三	頁282	姚燧	〈洞仙歌〉對梅 首句：疏枝冷蘂（頁738）
四十四	頁283	姚燧	〈江梅引〉謝王子勉提刑送江梅二首之一 首句：西湖不近上林限（頁738）
四十五	頁285	姚燧	〈江梅引〉謝王子勉提刑送江梅二首之二 首句：年年江上見寒梅（頁738）
四十六	頁286	元·張伯淳	〈柳梢青〉賦枯梅寄張郎中馬同知 首句：冷淡根荄（頁750）
四十七	頁287	元·劉敏中	〈鵲橋仙〉盆梅 首句：孤根如寄（頁771）
四十八	頁289	劉敏中	〈菩薩蠻〉梅 首句：纖條漸見稀稀蕾盆（頁772）

四十九	頁290	元・程文海	〈摸魚兒〉壽燕五峯右丞 首句：**記江梅**（頁788）
五十	頁293	程文海	〈摸魚兒〉以鴛鴦梅一盆壽程靜山平章 首句：**千歲蒼虯成玉樹**（頁789）
五十一	頁295	程文海	〈蝶戀花〉壽千奴監司十二月朔 首句：**黃鶴山前梅半吐**（頁790）
五十二	頁297	程文海	〈菩薩蠻〉次韻郭安道探梅 首句：**孤根自是春憐惜**（頁793）
五十三	頁298	程文海	〈千歲秋〉壽劉中庵 首句：**報梅開處**（頁793）
五十四	頁300	程文海	〈鵲橋仙〉次中庵韻題解安卿盆梅 首句：**南枝春盛**（頁794）
五十五	頁301	程文海	〈玉樓春〉次韻王彥博右丞詠梅 首句：**梁園賦客情無奈**（頁794）
五十六	頁303	元・吳存	〈水龍吟〉落梅 首句：**無端夢醉西湖**（頁830）
五十七	頁305	元・蒲道源	〈滿庭芳〉南營探梅至梅隱丈□ 首句：**長憶當年**（頁835）
五十八	頁306	蒲道源	〈臨江仙〉次解東庵學士詠梅韻 首句：**聞說東庵梅最好**（頁837）
五十九	頁307	元・朱晞顏	〈一萼紅〉盆梅 首句：**玉堂深**（頁857）
六十	頁310	元・虞集	□□□ 題梅花寒雀圖 首句：**殘雪晚**（頁861）
六十一	頁311	元・王結	〈蝶戀花〉戲題梅圖 首句：**江上路**（頁876）
六十二	頁313	元・周權	〈滿江紅〉葉梅友八十 首句：**試問梅花**（頁879）
六十三	頁315	元・王旭	〈踏莎行〉雪中看梅花 首句：**兩種風流**（頁884）
六十四	頁316	元・張埜	〈鵲橋仙〉詠梅贈人 首句：**瓊枝纖弱**（頁901）

六十五	頁 317	張埜	〈江城子〉和元復初賦玄圃梅花 首句：雪迷幽徑月迷津（頁 902）
六十六	頁 319	元・張雨	〈燭影搖紅〉紅梅 首句：休擊珊瑚（頁 911）
六十七	頁 321	張雨	〈獅兒詞〉賦梅 首句：含香弄粉（頁 913）
六十八	頁 323	張雨	〈柳梢青〉題揚補之墨梅 首句：面目冰霜（頁 917）
六十九	頁 324	元・洪希文	〈洞仙歌〉早梅 首句：野亭驛路（頁 944）
七十	頁 325	洪希文	〈蝶戀花〉蠟梅 首句：雪裡江梅標致好（頁 945）
七十一	頁 327	洪希文	〈水調歌頭〉雪梅 首句：崖谷搖落盡（頁 945）
七十二	頁 328	元・許有壬	〈清平樂〉瓶梅 首句：膽瓶溫水（頁 979）
七十三	頁 330	許有壬	〈清平樂〉和可行梅竹韻三首之一 首句：平生愛竹（頁 980）
七十四	頁 331	許有壬	〈清平樂〉和可行梅竹韻三首之二 首句：賞梅觀竹（頁 980）
七十五	頁 332	許有壬	〈清平樂〉和可行梅竹韻三首之三 首句：天寒日暮（頁 980）
七十六	頁 333	元・張翥	〈六州歌頭〉孤山尋梅 首句：孤山歲晚（頁 997）
七十七	頁 337	張翥	〈摸魚兒〉題熊伯宣藏梅花卷子 首句：計西湖（頁 1000）
七十八	頁 338	張翥	〈疏影〉王元章墨梅圖 首句：山陰賦客（頁 1004）
七十九	頁 341	張翥	〈水龍吟〉鄭蘭玉賦蠟梅，工甚，予拾其遺意補之。 首句：玉人梔貌堪憐（頁 1008）

八十	頁 343	張翥	〈東風第一枝〉憶梅 首句：老樹渾苔（頁 1011）
八十一	頁 345	張翥	〈孤鸞〉題錢舜舉仙女梅下吹笛圖 首句：江皋空闊（頁 1014）
八十二	頁 347	張翥	〈江城梅花引〉九日杏梅同開，汪國才折以請賦。 首句：玉兒睡起帕蒙頭（頁 1015）
八十三	頁 348	元・沈禧	〈鷓鴣天〉詠紅梅壽守節婦 首句：蕚綠仙姝賀誕辰（頁 1039）
八十四	頁 349	沈禧	〈風入松〉紅梅慶六十壽 首句：陽回潛谷起頹蚪（頁 1040）
八十五	頁 351	元・宋褧	〈虞美人〉二　福州北還雨中觀梅 首句：十年久共梅花別（頁 1054）
八十六	頁 352	元・謝應芳	〈沁園春〉屋東老梅一株，鄰家有竹百餘箇，相近雪窗，撫玩復自和此曲。 首句：竹與梅花（頁 1062）
八十七	頁 354	謝應芳	〈風入松〉梅花 首句：歲寒心事舊相知（頁 1063）
八十八	頁 356	謝應芳	〈滿江紅〉送馬公振 首句：舊約尋梅（頁 1069）
八十九	頁 357	謝應芳	〈一翦梅〉三首寓意寄故人之二 首句：東風吹醒老梅（頁 1070）
九十	頁 358	元・邵亨貞	〈點絳唇〉 追和趙文敏公舊作十首之二 客有持文敏公手書所做小詞一卷見示者，且求作長短句題於後。公以承平王孫而嬰世變，離黍之悲，有不能忘情者，故深得騷人意度。予生十有四年而公薨，每見先輩談公典型問學，如天上人，未嘗不神馳夢想。昔東坡先生自謂不識范文正公為平生遺恨，其意蓋可想見。此卷辭翰，不忝古人，藹然貞元朝士。大意以謂擬古之作，魏晉以下，由來久矣，借以己意，追次元韻，其于先哲風流文采，或可備高唐想像之萬一云。 首句：蕚綠仙人（頁 1100）

九十一	頁 360	邵亨貞	〈感皇恩〉 追和趙文敏公舊作十首之三　憶梅 首句：客裏訪南枝（頁 1100）
九十二	頁 361	邵亨貞	〈賀新郎〉曹園紅梅數種十餘樹，雲西老人手植也。時殊事異，殘枝存者無幾。其孫幼文命客飲於其下。永嘉曹新民賦詞為詠，予適有出不與。越數日，幼文持卷來求次韻，席上口占以答 首句：海底珊瑚樹（頁 1113）
九十三	頁 363	邵亨貞	〈花心動〉黃伯陽歲晚見梅，適遇舊賦以贈別，持行卷來，求孫果翁衛立禮泊予皆和 首句：東閣何郎（頁 1115）
九十四	頁 365	邵亨貞	〈角招〉故園舊有老梅數樹，自庚午至庚辰，十載之間，六遭巨浸，無一存者。年來惟起步月前邸之嘆。辛巳正月廿四日，曹雲翁以紅萼一枝見予，風度絕韻，舊感橫生，念之不置，因綴此闋為解，併以謝翁焉。 首句：夢雲香（頁 1119）
九十五	頁 368	元・柯九思	〈柳梢青〉和揚無咎梅詞四首之一 首句：懊恨春初（頁 1128）
九十六	頁 369	柯九思	〈柳梢青〉和揚無咎梅詞四首之二 首句：姑射論量（頁 1128）
九十七	頁 370	柯九思	〈柳梢青〉和揚無咎梅詞四首之三 首句：翠苔輕搭（頁 1128）
九十八	頁 371	柯九思	〈柳梢青〉和揚無咎梅詞四首之四 首句：璚散殘枝（頁 1128）
九十九	頁 372	元・陶宗儀	〈一萼紅〉賦紅梅，次郭南湖韻 首句：水雲鄉（頁 1131）
一百	頁 374	陶宗儀	〈月下笛〉賦落梅 首句：東閣詩慳（頁 1132）
一百零一	頁 376	元・凌雲翰	〈獅兒詞〉賦梅，和仇山村韻 首句：塞驢破帽（頁 1147）

附錄二　金元詠梅詞箋注

凡　例

一、本論文以唐圭璋《全金元詞》爲底本，並依據相關原則，共選得
　　101 首詠梅詞，作爲箋注之範圍。至於選詞原則，參見第一章緒
　　論「研究方法」相關論述。

二、反覆出現之詞語、典故等，於第一次出現時，均予以詳細注解，
　　之後則以「參見前注」爲解，以免重覆累贅。

三、本箋注亦包括對詞人詞意之白話解釋，以切合詞人所欲表達之意
　　旨爲準，並力求避免主觀之解釋。

四、本箋注根據史書記載、近人著述、詞學詞典等書，對於詞人生平，
　　亦有精簡之注解。

五、有關金元詠梅詞之評論，檢索唐圭璋《詞話叢編》，則以「集評」
　　方式，附於該詠梅詞後。

一、蔡松年⁽¹⁾〈念奴嬌〉　　《全金元詞》頁 9

僕來京洛⁽²⁾三年未嘗飽見春物。今歲江梅⁽³⁾始開，復事遠行。虎茵⁽⁴⁾丹房⁽⁵⁾東岫諸親友折花酌酒於明秀峰下，仍借東坡先生赤壁詞韻，出妙語以惜別。輒亦繼做，致言嘆不足之意。

倦游老眼，負梅花京洛，三年春物⁽⁶⁾。明秀高峰人去後，冷落清輝絕壁⁽⁷⁾。花底年光，山前爽氣，別語揮冰雪⁽⁸⁾。摩挲⁽⁹⁾庭檜，耐寒好在霜傑。　　人世長短亭中，此身流轉，幾花殘花發⁽¹⁰⁾。只有平生生處樂，一念猶難磨滅⁽¹¹⁾。放眼南枝，忘懷樽酒，及此青青髮⁽¹²⁾。從今歸夢，暗香⁽¹³⁾千里橫月。

注解：

（1）蔡松年：字伯堅。所居鎮陽別墅有蕭閑堂，因自號蕭閑老人。真定（今河北真定）人。宣和末，從父蔡靖守燕山府，敗績降金。天會年間，授真定府判官，嘗隨完顏宗弼（兀术）攻宋。累官至右丞相，封魏國公。正隆四年卒，諡文簡。《金史》卷一二五有傳。蔡松年能詩，文詞清麗，尤工樂府。著有《明秀集》六卷，魏道明注。今僅存三卷，有道光間張蓉鏡《小琅嬛影抄金源舊槧》本，王鵬運《四印齋所刻詞》本，吳重熹《吳氏石蓮庵匯刻九金人集》本。唐圭璋《全金元詞》復據《中州樂府》、《陽春白雪》等輯補，凡八十四首，多贈答、感時、抒懷，常流露身寵神辱、違己交病的矛盾心境。蔡松年生卒年，張子良；唐圭璋；馬興榮等皆作 1107 年～1159 年。（按：張子良原作 1170 年～1159 年，當為訛誤。）〔註 1〕

〔註 1〕本箋注有關各詞家小傳，均引自下列七者：
　　元·脫脫等撰，楊家駱編《新校本金史并附編七種》臺北：鼎文書局，1985 年 6 月。
　　明·宋濂等撰，楊家駱編《新校本元史并附編二種》臺北：鼎文書局，1981 年 3 月。

（2）京洛：亦作京雒。洛陽的別稱。因東周、東漢均建都於此，故
　　名。漢班固〈東都賦〉：「子徒習秦阿房之造天，而不知京洛之
　　有制也。」亦泛指國都。唐張說〈應制奉和〉：「總爲朝廷巡幸
　　去，頓教京洛少光輝。」考蔡松年入金後，居官眞定（今河北
　　正定），故此處京洛所指者當爲眞定。

（3）江梅：宋范成大《梅譜》：「江梅，遺核野生，不經栽接者。又
　　名直腳梅，或謂之野梅。凡山間水濱，荒寒清絕之趣，皆此本
　　也。花稍小而疏瘦有韻，香最清，實小而硬。」

（4）虎茵：指虎茵老人梁竟，字愼修。魏道明注謂：「宋中官，道號
　　虎茵。宣和癸卯，自中山廉訪移燕山廉使。明年，天兵臨府，
　　遂降於軍前。因見前開廢，寓居鎭陽，以詩書自適。」

（5）丹房：蔡松年〈滿江紅〉詞序云：「舅氏丹房先生，方外偉人，
　　輕財如糞土。常有輕舉八表之志，故世莫能用之。時時出煙霞
　　九天上語，醉墨淋漓，擺落人間俗學，自謂得三代鼎鐘妙意。」
　　蔡松年亦有與之唱和之詞，如〈念奴嬌〉（次許丹房韻，時將赴
　　鎭陽，聞北潭雜花已盡，獨木芍藥方開。）

（6）倦游老眼，負梅花京洛，三年春物：我這倦游老人，來到京洛
　　三年，竟孤負梅花春色，未嘗好好欣賞。
　　倦游：厭倦游宦生涯，唐溫庭筠〈酬友人〉：「辭榮亦素尚，倦
　　游非夙心。」
　　老眼：老年人的眼睛。宋張元幹〈菩薩蠻〉：「老眼見花時，惜
　　花心未衰。」

清・柯邵忞撰《新元史》臺北：成文出版社，1971 年 10 月。
清・張廷玉等撰，楊家駱編《新校本明史并附編六種》臺北：鼎文
書局，1975 年 6 月。
張子良撰《金元詞述評》臺北：華正書局，1979 年 7 月。
唐圭璋《全金元詞》北京：中華書局，2000 年 10 月。
馬興榮、吳熊和、曹濟平《中國詞學大辭典》杭州：浙江教育出版
社，1996 年 10 月。

負：背棄、辜負。宋陳與義〈夏日集葆真池上以綠陽生晝靜賦詩得靜字〉：「清風不負客，意重百金贈。」

（7）**明秀高峰人去後，冷落清輝絕壁**：與親友在明秀峰折花酌酒之後，明秀峰風光恐怕只有被冷落地對待著。

冷落，冷淡，冷淡地對待。唐盧仝〈蕭二十三赴歙州婚期〉：「淮上客情殊冷落，蠻方春早客何如。」

清輝，清光。多指日月的光輝。晉葛洪《抱朴子‧博喻》：「否終則承之以泰，晦極則清輝晨曜。」

絕壁，陡峭的山壁。南朝宋謝靈運〈登石門最高頂〉：「晨策尋絕壁，夕息在山棲。」

（8）**花底年光，山前爽氣，別語揮冰雪**：還記得在明秀峰下欣賞大自然的春日風光，與親友依依不捨的惜別之語，彷彿冰雪也被融化了。

年光，春光。唐王績〈春桂問答〉之一：「年光隨處滿，何事獨無花？」

爽氣，明朗開豁的自然景象。南朝宋劉義慶《世說新語‧簡傲》：「王子猷作桓車騎參軍，桓謂王曰：『卿在府久，比當相料理。』初不答，直高視，以手版拄頰云：『西山朝來，致有爽氣。』」

別語，惜別之語。唐韓愈〈送靈師〉：「別語不許出，行裾動遭牽。」

（9）**摩挲**：亦作摩莎、摩娑。撫摸之義。《釋名‧釋姿容》：「摩娑，猶末殺也，手上下之言也。」《後漢書‧方術傳下‧薊子訓》：「後人復於長安東霸城見之，與一老公共摩挲銅人。」

（10）**人世長短亭中，此身流轉，幾花殘花發**：一生中多少奔波流離，早已看慣花開花落，聚散離愁。

長短亭，長亭短亭，行程憩息之所。庾信〈江南賦〉：「十里五里，長亭短亭。」

　　流轉，流離轉徙。《後漢書・董卓傳》：「初，靈帝末，黃巾餘黨
　　郭太等復起西河白波谷，轉寇太原，遂破河東，百姓流轉三輔。」

（11）只有平生生處樂，一念猶難磨滅：與老友相聚的歡樂時刻，雖
　　然短暫，至今仍難以忘懷。

　　平生，舊交，老交情。唐楊衡〈送鄭丞之羅浮中習業〉：「何當
　　眞府內，重得款平生。」

　　生處，聚集之處。唐杜牧〈山行〉：「遠上寒山石徑斜，白雲生
　　處有人家。」

　　一念，佛家語，極短促的時間。宋黃庭堅〈大通禪師眞贊〉：「三
　　世一念，十方見常。」

　　磨滅，消失，湮滅。司馬遷〈報任安書〉：「古者富貴而名磨滅，
　　不可勝記，惟倜儻非常之人稱焉。」

（12）放眼南枝，忘懷樽酒，及此青青髮：既然難忘相聚時候，不如
　　趁著青春尚在，年華尚未老去時，盡情欣賞梅花之美，暢快飲
　　酒。

　　放眼，縱目，放開視野。唐白居易〈洛陽有愚叟詩〉：「放眼看
　　青山，任頭生白髮。」

　　南枝，借指梅花。宋蘇軾〈次韻蘇伯固游蜀岡，送李孝博奉使
　　嶺表〉：「願及南枝謝，早隨北雁翩。」清王文誥輯註引趙次公
　　曰：「南枝，梅也。」

　　忘懷，無拘無束。宋蘇軾〈吳子野將出家贈以扇山枕屛〉：「忘
　　懷紫翠間，相與到白首。」

　　樽酒，杯酒。唐杜甫〈客至〉：「盤飧市遠無兼味，樽酒家貧只
　　舊醅。」

　　青青，濃黑貌。宋辛棄疾〈臨江仙〉簪花履墮戲作：「青青頭上
　　髮，還作柳絲長。」

（13）暗香：宋林逋〈山園小梅〉詩二首之一：「疏影橫斜水清淺，暗
　　香浮動月黃昏。」後人常用以詠梅，故暗香已經成爲梅花的代稱。

二、蔡松年〈點絳唇〉　　《全金元詞》頁 18

同浩然賞崔白梅竹圖

半幅生綃，便教風韻平生足[1]，枕溪[2]湖玉。數點梅橫竹。花露天香，香透金荷釅[3]。明高燭[4]。醉魂清淑。吸盡江山綠[5]。

注解：

（1）半幅生綃，便教風韻平生足：半幅生綃就足以將梅竹的風韻表現得淋漓盡致。

生綃，未漂煮過的絲織品，古時多用以作畫，因亦以指畫卷。風韻，形容儀態優美，後多用指婦女的美好姿態。宋侯寘〈念奴嬌〉探梅：「休恨雪小雲嬌，出群風韻，已覺桃花俗。」

（2）枕溪：臨近溪邊。

枕，《漢書·嚴助傳》：「會稽東接於海，南近諸越，北枕大江。」顏師古注：「枕，臨也。」

（3）花露天香，香透金荷釅：花的香氣迷人，足以勝過倒在金荷上的美酒香。

天香，芳香的美稱。北周庾信〈奉和同泰寺浮閣〉：「天香下桂殿，仙梵入伊笙。」

金荷，金荷葉的省稱。金荷葉，金製蓮葉形的杯皿。宋胡仔〈苕溪漁隱叢話後集·山谷上〉：「八月十七日，與諸生步自永安城，如張寬夫園待月，以金荷葉酌客。」

釅，美酒。南朝梁王僧孺〈在王晉安酒席數韻〉：「何因送款款，伴飲杯中釅。」

（4）明高燭：在夜晚裡，也要點亮高燭欣賞梅竹圖。

高燭，特長的蠟燭。宋蘇軾〈海棠〉：「只恐夜深花睡去，故燒高燭照紅妝。」

（5）醉魂清淑。吸盡江山綠：清美的醉夢中，盡是江山自然之景，

似乎梅竹亦入夢中。

醉魂，猶醉夢。宋張耒〈觀梅〉：「不如痛飲臥其下，醉魂爲蝶棲其房。」

清淑，清美、秀美。宋蘇軾〈寓居定惠院之東，雜花滿山，有海棠一株，土人不知貴也〉：「雨中有淚亦悽慘，月下無人更清淑。」

江山，江河山岳。《莊子·山木》：「彼其道遠而險，又有江山，我無舟車，奈何？」

吸，吸取、攝取。三國魏嵇康〈琴賦〉：「含天地之醇和兮，吸日月之休光。」

三、趙秉文[(1)]〈滿江紅〉　《全金元詞》頁48

上清宮[(2)]蠟梅[(3)]

傑觀雄樓，相照映、此花幽獨。誰解識、蕊珠仙子，道家裝束[(4)]。蠟蒂紫苞融燭淚，檀心淺暈團金粟[(5)]。漸蜂兒、展翅上南枝，風掀綠[(6)]。　　落落[(7)]伴，湖心[(8)]玉。蕭蕭映，壇邊竹。記月痕、曾上小闌干曲[(9)]。輸與能詩潘道士，夢爲蝴蝶花間宿。向夜深、霜重不勝寒，騎黃鵠[(10)]。

注解：

(1) **趙秉文**：字周臣。號閑閑，磁州滏陽（今河北磁縣人）。明昌中，應奉翰林文字，累官至翰林仕讀學士、禮部尚書。封天水郡侯。《金史》卷一一〇有傳。金元好問撰《閑閑公墓銘》。詩、文、書、畫皆工。劉祁《歸潛志》卷八云：「南渡後，文風一變，文多學奇古，詩多學風雅，由趙閑閑、李屏山倡之。」著有《滏水集》二十卷。周泳先《唐宋金元詞鉤沉》輯爲《滏水詞》一卷，凡九首，唐圭璋《全金元詞》補一首。趙秉文生卒年，張子良作1159年～1232年；唐圭璋作1159年～1233年；馬興榮等作1159年～1232年。

（2）上清宮：道教正一道著名道觀之一。在江西貴溪縣上清鎮。唐
代名真仙觀，宋大中祥符時改上清觀，政和中改上清正一宮，
元改正一萬壽宮，清改大上清宮，簡稱上清宮。「上清」為道家
所稱的神仙居處，故其他道觀亦多用「上清」命名者。

（3）蠟梅：觀此闋詞上半言「蠟蒂紫苞融燭淚，檀心淺暈團金粟」
足見趙秉文所詠者當為蠟梅三種品種中的檀香梅。宋范成大《梅
譜》：「蠟梅，本非梅類。以其與梅同時，香又相近，色酷似蜜
脾，故名蠟梅。凡三種，以子種出，不經接，花小，香淡，其
品最下，俗謂之狗蠅梅。經接，花疏，雖盛開，花常半含，名
磬口梅，言似僧磬之口也。最先開，色深黃，如紫檀，花密香
穠，名檀香梅，此品最佳。蠟梅香極清芳，殆過梅香，初不以
形狀貴也，故難題詠。山谷、簡齋但作五言小詩而已。此花多
宿葉，結實如垂鈴，尖長寸餘，又如大桃奴，子在其中。」

（4）誰解識、蕊珠仙子，道家裝束：誰能曉得蕊珠仙子的一副道
家裝扮，有超脫世俗之態。用指梅花不染纖塵、孤芳自賞之
姿。

蕊珠仙子，蕊珠宮中的仙子。蕊珠宮，道教經典中所說的仙宮。
唐錢起〈暇日覽舊詩因以題詠〉：「筐篋靜開難似此。蕊珠春色
海中山。」

裝束，衣著穿戴，打扮出來的樣子。唐段成式〈嘲飛卿〉之一：
「曾見當壚一箇人，入時裝束好腰身。」

（5）蠟蒂紫苞融燭淚，檀心淺暈團金粟：蠟蒂紫苞包裹著點點如燭
淚的花蕊，深黃色的花蕊上微微透顯著淡紅色。

蠟蒂：黃蠟色的花蒂。宋周邦彥〈浣溪沙〉詞：「日射敧紅蠟蒂
香，風乾微汗粉襟涼。」

苞，花未開時包著花朵的小葉片。唐元稹〈有酒十章〉：「紅豔
猶存榴樹花，紫苞欲綻高筍芽。」

燭淚，蠟燭燃燒時淌下的液體蠟。此處應是藉以形容花蕊。唐

白居易〈房家夜宴喜雪戲贈主人〉：「酒鉤送 醆推蓮子，燭淚黏盤壘蒲萄。」

檀心，淺紅色的花蕊。宋蘇軾〈黃葵〉：「檀心自成暈。翠葉森有芒。」

暈，泛起淡紅色。宋李居仁〈水龍吟・白蓮〉：「酒暈全消，粉痕微漬。」

團，凝聚、凝結。南朝宋鮑照〈傷逝賦〉：「露團秋槿，風卷寒羅。」

金粟，黃色花蕊。宋梅堯臣〈梅花〉：「墜萼誰將呵在鬢，蕊殘金粟上眉蟲。」

（6）**漸蜂兒、展翅上南枝，風掀綠**：風吹拂青枝，蠟梅吸引蜂兒靠近，飛入花叢。

漸，流入、入。此處應指梅花對蜂兒的吸引。《書・禹貢》：「東漸於海，西被於流沙。」孔傳：「漸、入也。」

南枝，參見蔡松年〈念奴嬌〉（倦游老眼），注（12）。

掀，翻、推。宋陸游〈幽事絕句〉：「昨日風掀屋，今朝雨壞牆。」

（7）**落落**：稀疏零落。漢杜篤〈首陽山賦〉：「長松落落，卉木蒙蒙。」

（8）**湖心**：湖水的中間。唐劉禹錫〈洞庭秋月行〉：「洞庭秋月生湖心，層波萬頃如鎔金。」

（9）**曾上小闌干曲**：上，升起，由低處到高處。《易・需》：「雲上於天」陸德明釋文引干寶云：「上，升也。」闌干，用竹、木、磚石或金屬等構制而成，設於庭臺樓閣或路邊、水邊等處作遮攔用。

曲者，彎曲的地方。

（10）**黃鵠**：鳥名。唐杜甫〈秋興〉詩之六：「珠簾繡柱圍黃鵠，錦纜牙檣起白鷗。」

四、張楧[(1)] 失調名　《全金元詞》頁 50

贈梁梅[(2)]

誰知幽谷[(3)] 裏，真有壽陽妝[(4)]。

注解：

(1) **張楧**：張楧生卒年不詳。楧字巨濟，山陰（今浙江省紹興縣人）。明昌五年（1194）狀元，仕至鎮戎州刺史。爲人有蘊藉，善談論，文賦詩詞，楧然有韻度。時人甚愛重之。

(2) **梁梅**：太和間歌妓，壽陽人。金元好問《續夷堅志》卷四：「壽陽歌妓梁梅，承安太和間以才色名河東。張狀元巨濟過壽陽，引病後孤居，意不自聊。邑中士子有以梅言者，時已落籍，私致之，待於尼寺。梅素妝而至。坐久乾杯，唱梅花〈水龍吟〉。張微言：『六月唱梅詞，壽陽地寒可知。』然以其音調圓美，頗爲改觀。唱至『天教占了百花頭上，和羹未晚。』乃以酒屬張，張大奇之，贈以樂府，有『誰知幽谷裏，眞有壽陽妝』之句。爲留數日而行。」

(3) **幽谷**：幽深的山谷。《詩·小雅·伐木》：「出自幽谷，遷於喬木。」

(4) **壽陽妝**：《太平御覽》卷九七〇引《宋書》：「武帝女壽陽公主，人日臥於含章簷下。梅花落公主額上，成五出之華，拂之不去。皇后留之。自後有梅花妝，後人多效之。」

五、李獻能[(1)] 〈江梅引〉　《全金元詞》頁 51

為飛伯賦青梅[(2)]

漢宮嬌額倦塗黃[(3)]。試新妝。立昭陽[(4)]。萼綠仙姿，高髻碧羅裳[(5)]。翠袖捲紗開倚竹[(6)]，暝雲合，瓊枝[(7)] 薦暮涼。　璧月浮香[(8)]。搖玉浪[(9)]，拂春簾，瑩綺窗。冰肌夜冷滑，無粟影，轉斜廊[(10)]。冉冉孤鴻[(11)]，煙水渺三湘[(12)]。青鳥不來天也老[(13)]，斷魂[(14)] 些，清霜靜楚江[(15)]。

注解：

（1）李獻能：字欽叔，河中府（今山西永濟）人。貞祐三年（1215年），特賜詞賦進士，廷試第一。授應奉翰林文字，累遷鎮南軍節度副史，充河中帥府經歷官。《金史》卷一二六有傳。詞存三首，見金元好問《中州樂府》。李獻能生卒年，張子良作 1192年～1232 年；唐圭璋作 1192 年～1232 年；馬興榮等作 1190 年～1232 年。

（2）青梅：宋范成大《梅譜》：「綠萼梅。凡梅花跗蒂，皆絳紫色，惟此純綠，枝梗亦青，特爲清高。好事者比之九疑仙人萼綠華。京師艮嶽有萼綠華堂，其下專植其本，人間亦不多有，爲時所貴重。吳下又有一種，萼亦微綠，四邊猶淺絳，亦自難得。」萼綠華，見梁陶弘景《眞誥》：「萼綠華者，自云是南山人，不知是何山也？女子年可二十上下，上下青衣，顏色絕整。」

（3）漢宮嬌額倦塗黃：古代宮中婦女以黃色塗額作爲妝飾，因稱婦女的前額爲宮額。此闋詞處處將梅花擬人化，所謂漢宮嬌額倦塗黃，試新粧，即表明眼前所見者非紅梅、白梅、蠟梅，而是難得一見的綠萼梅。王安石〈與徽之同賦得香字〉三首之一：「漢宮嬌額半塗黃，粉色凌寒透薄妝。」

（4）昭陽：漢宮殿名。后泛指后妃所住的宮殿。漢班固〈西都賦〉：「昭陽特盛，隆乎孝成。」

（5）萼綠仙姿，高髻碧羅裳：將梅花擬爲一位飄然出塵、顏色絕整的仙子。

　　萼綠仙姿，見注（2）。

　　高髻，《後漢書》卷二四〈馬援傳〉附〈馬廖傳〉：「長安語曰：「城中好高髻，四方高一尺；城中好廣眉，四方且半額；城中好大袖，四方全匹帛。」斯言如戲，有切事實。」東漢時，長安婦女喜歡高綰髻髮，影響外地人紛紛仿效。後因以「高髻」

　　往不逢人，長歌楚天碧。」

（6）**翠袖捲紗閒倚竹**：唐杜甫〈佳人〉：「天寒翠袖薄，日暮倚修
　　竹。」日暮天寒，倚竹而立，體現了女子志行堅貞高潔。此句
　　不僅化用杜甫之詩，所體現的女子堅貞志節，本緣於梅花不怕
　　風霜的表現，進而引發詩人對梅花象徵意義的聯想。

（7）**瓊枝**：喻嘉樹美卉。唐王涯〈望禁門松雪詩〉：「金闕晴光照。
　　瓊枝瑞色封。」

（8）**璧月浮香**：此句應是化用自宋林逋〈山園小梅〉詩二首之一：「疏
　　影橫斜水清淺，暗香浮動月黃昏。」

　　璧月，對月亮的美稱。前蜀韋莊〈咸通〉：「諸郎宴罷銀燈合，
　　仙子遊回璧月斜。」

　　按：考之清陳廷敬主編《康熙詞譜》與潘慎《詞律詞典》，此闋
　　詞詞調格律為雙調八十五字。上片 37 字 8 句 5 平韻，下片 48
　　字 10 句 1 叶韻 4 平韻。下片正確句式當為「璧月浮香搖玉浪，
　　拂春簾，瑩綺窗。冰肌夜冷滑無粟，影轉斜廊。冉冉孤鴻，煙
　　水渺三湘。青鳥不來天也老，斷魂夢，清霜靜楚江。」故可得
　　知唐圭璋《全金元詞》所引璧月與冰肌二句，皆斷句有誤。青
　　鳥一句，或作「斷魂些」為「斷魂夢」。

（9）**玉浪**：白浪。南朝簡文帝〈苦熱行〉：「洄池愧玉浪，蘭殿非含
　　霜。」此首詞所言之搖玉浪，當是形容雪片紛飛之樣。

（10）**冰肌夜冷滑，無粟影，轉斜廊**：如注（8）所言，此句當為「冰
　　肌夜冷滑無粟，影轉斜廊。」潘慎《詞律詞典》以為各家各體
　　俱無五字三字三字句式，不合體例，為謬誤一，「無粟影」不知
　　何意，謬誤二。冰肌一句係言梅花美人的肌膚雖為夜晚寒氣所
　　侵，仍然滑膩而無疙瘩。藉以形容梅花高潔而不畏寒。

　　冰肌，《莊子・逍遙遊》：「藐姑射之山，有神人居焉，肌膚若冰
　　雪，綽約若處子。」后用冰肌形容女子純靜潔白的肌膚。詠梅

詞亦常藉以詠梅，形容皚皚白雪覆蓋在梅花枝幹的樣子，猶如女子白皙的肌膚。

粟，皮膚觸寒而收縮起粒。宋蘇軾〈和陶貧士〉之二：「無衣粟我膚，無酒矍我顏。」

（11）冉冉孤鴻：鴻鳥緩慢飛動的樣子。

冉冉，形容事物慢慢變化或移動。宋邵伯溫《聞見前錄》卷十三：「有大蛇冉冉而至，草木皆披靡。」

孤鴻，孤單的鴻雁。三國魏阮籍〈詠懷詩〉之一：「孤鴻號外野，朔鳥鳴北林。」

（12）三湘：湖南湘鄉、湘潭、湘陽（或湘源），合稱三湘。或指浣湘、瀟湘、資湘，合稱三湘。或指湖南。

（13）青鳥不來天也老：日日夜夜的企盼，青鳥依舊未來，也就無從得知伊人消息，思念之深，天也爲之感嘆。

青鳥：《藝文類聚》卷九十一引《漢武故事》：「七月七日，上於承華殿齋，正中，忽有一青鳥從西方來，集殿前。上問東方朔。朔曰：『此西王母欲來也。』有頃，王母至，有三青鳥如鳥，夾侍王母旁。」青鳥即神話中西王母的傳信使者，后泛指傳信的人。

天也老，化用唐李賀〈金銅仙人辭漢歌〉：「哀蘭送客咸陽道，天若有情天亦老。」

（14）斷魂：銷魂神往。形容一往情深或哀傷。唐宋之問〈江亭晚望〉：「望水知柔性。看山欲斷魂。」

（15）清霜靜楚江：楚江上覆蓋著清霜。

清霜，寒霜、白霜。唐聶夷中〈贈農〉：「清霜一委地，萬草色不綠。」

靜，靜止、不動。《易·坤》：「坤至柔，而動也剛；至靜而德方。」

楚江，楚境內的江河，泛指南方的水域。唐李白〈望天門山〉：「天門中斷楚江開，碧水東流至北迴。」

集評：

　　況周頤《蕙風詞話》卷三〈李欽叔賦青梅〉：「李欽叔（獻能），劉龍山外甥也。以純孝為士論所重。詩詞餘事，亦卓越輩流。〈江梅引・賦青梅〉云：『冰肌夜冷，滑無粟，影轉斜廊。冉冉孤鴻，煙水渺三湘。青鳥不來天也老，斷魂些，清霜靜楚江。』冰肌句熨帖工致。冉冉以下，取神題外，設境意中。斷魂兩句拍合，略不吃力，允推賦物聖手。」

六、李俊民⁽¹⁾〈洞仙歌〉　　《全金元詞》頁 59

　　謝楊成之寄梅

　　隴頭瀟灑，孤負尋芳眼⁽²⁾。浪蕊浮花問名懶⁽³⁾。縱看看驛使，帶得春來，祇恐怕、綠葉成陰子滿⁽⁴⁾。　　暗香⁽⁵⁾無恙否，月落參橫，惆悵羅浮夢痕短⁽⁶⁾。賴故人情重，不減西湖，花上 _{原作一，據張氏研古樓抄本改月，}分我黃昏一半⁽⁷⁾。更選甚、南枝與北枝，是一種春風，待爭寒暖⁽⁸⁾。

注解：

（1）**李俊民**：字用章，號鶴鳴道人。澤州普城〈今山西普城〉人。少習二程理學，承安五年（1200）以經義舉進士第一，授翰林應奉。未幾棄官，教授鄉里。貞祐二年（1214）南遷後，隱居嵩山，徙懷州（今河南沁陽），復隱於西山（即首陽山，在河南偃師西北）。金亡，元世祖忽必烈在潛邸，以安車招，延訪無虛日，遽乞還山。李俊民生卒年，張子良作 1176 年～1260 年；唐圭璋作 1176 年～？年；馬興榮等作 1176 年～1260 年。按：唐圭璋《全金元詞》第 59 頁，敘述李俊民小傳，以「李俊明」為題，然《全金元詞》所附作者索引，則是寫「李俊民」。考之《元史・列傳四十五》卷一五八，附傳竇默曰：「李俊民字用章，澤州人，得河南程氏傳受之學。」又近代張子良《金

元詞述評》、黃兆漢《金元詞史》等亦作「李俊民」。故當以「李俊民」為是。

（2）**隴頭瀟灑，孤負尋芳眼**：身處邊塞，欲尋得梅信春蹤，只見四處景物蕭條，故而引發心中悽涼寂寥之感。

　　隴頭，隴山，借指邊塞。

　　瀟灑，悽清、寂寞貌。唐李德裕〈題奇石〉：「蘊玉抱清輝，閑庭日瀟灑。」

　　孤負，違背，對不住。舊題漢李陵〈答蘇武書〉：「功大罪小，不蒙明察，孤負陵心。」

（3）**浪蕊浮花問名懶**：對於尋常芳草的品名並不感興趣。李俊民〈謁金門〉憶梅，亦有類似語句：「浪蕊浮花都懶問。」

　　浪蕊浮花，亦作浮花浪蕊。指尋常芳草。唐韓愈〈杏花〉：「浮花浪蕊鎮長有，纔開還落瘴霧中。」又蘇軾〈賀新郎〉（乳燕飛華屋）詞云：「待浮花浪蕊都盡，伴君幽獨。」

（4）**縱看看驛使，帶得春來，祇恐怕、綠葉成陰子滿**：此句係指恐怕驛使帶來梅信消息時，早已花期已過，綠葉成陰、梅實滿枝。詞意蓋化用陸凱〈贈范曄〉：「折花逢驛使，寄與隴頭人。江南無所有，聊贈一枝春。」綠葉成陰子滿，梅花的形態特徵是花有芳香，多在早春先葉而開，核果球形，成熟時黃色或黃綠色。子，指青子，梅實。宋陸游〈園中賞梅〉：「熨眼紅苞初報信，回頭青子又生仁。」又「綠葉成陰子滿」化自杜牧〈悵詩〉：「狂風落盡深紅色，綠葉成陰子滿枝。」

（5）**暗香**：梅花所散發清幽的香氣。宋林逋〈山園小梅〉詩二首之一：「疏影橫斜水清淺，暗香浮動月黃昏。」後人常用以詠梅，故暗香已經成為梅花的代稱。

（6）**月落參橫，惆悵羅浮夢痕短**：在故人尚未捎來梅花消息前，對梅花的思念只能在夢中暫得安慰，可惜的是，那畢竟不過是一場夢。此句化用唐柳宗元《龍城錄》所記趙師雄羅浮夢之典。

參橫，參星橫斜，指夜深。三國魏曹植〈善哉行〉：「月沒參橫，北斗闌干。」

羅浮夢，舊題唐柳宗元《龍城錄》：「隋開皇中，趙師雄遷羅浮。一日天寒日暮，在醉醒間，因憩仆東於松林間。酒肆旁舍，見一女人淡妝素服，出迓師雄。時已昏黑殘雪未消，月色微明，師雄喜之。與之語但覺芳香襲人，語言極清麗。因與之扣酒家門，得數杯，相與共飲。少頃，有一綠衣童子來，笑歌歡舞，亦自可觀。師雄醉寐，但覺風寒相襲，久之東方已白。師雄起視，乃在大梅花樹下，上有翠羽啾嘈，相顧月落參橫，但惆悵而已。」

（7）賴故人情重，不減西湖，花上月，分我黃昏一半：原本惆悵羅浮夢短，所幸故人亦具有如林逋般愛梅之情，與我分享春信消息。

西湖，湖名。以西湖名者甚多，多以其在某地之西爲義。此句所指之西湖當位於浙江杭州城西者。漢時稱明聖湖，唐後始稱西湖。北宋詩人林逋結廬於西湖之孤山，種梅養鶴，後代詠梅多以其爲典。林逋隱居於西湖，故西湖亦代指林逋。《宋史》卷四五七：「林逋字君復，杭州錢塘人。少孤，力學，不爲章句。性恬淡好古，弗趨榮利，家貧衣食不足，晏如也。初放遊江、淮間，久之歸杭州，結廬西湖之孤山，二十年足不及城市。」《宋詩鈔·和靖詩鈔》記載林逋有梅妻鶴子之稱：「林逋字君復，杭之錢塘人。少孤，力學，刻志不仕，結廬西湖孤山，真宗聞其名，賜粟帛，歲時勞問。臨終詩有茂陵他日求遺稿，猶喜曾無封禪書。時人高其志識，賜諡和靖先生。逋不娶，無子，所居多植梅，蓄鶴，泛舟湖中，客至則放鶴致之，因謂梅妻鶴子。」宋林逋〈山園小梅〉詩二首之一：「疏影橫斜水清淺，暗香浮動月黃昏。」爲詠梅名句，後人常用以詠梅。

（8）更選甚、南枝與北枝，是一種春風，待爭寒暖：同是春風吹拂，

然而因為地域之別，南方早暖，故南枝早開，北方尚寒，故北
枝晚開。

更選，改選。

南枝與北枝：皆指梅花。宋蘇軾〈次韻蘇伯固游蜀岡，送李孝
博奉使嶺表〉：「願及南枝謝，早隨北雁翩。」清王文誥輯註引
趙次公曰：「南枝，梅也。」由於環境、氣候的差別導致北枝猶
未暖，南枝早已開。朱翌〈猗覺寮雜記〉南枝條：「梅用南枝事，
共知青瑣紅梅詩：『南枝向暖北枝寒。』李嶠云：『大庾天寒少，
南枝獨早芳。』張方注云：『大庾嶺上梅，南枝落，北枝開。』
南唐馮延巳詞云：『北枝梅蕊犯寒開。』則南北枝事，其來遠矣。」

按：① （檢索《全唐詩》，未見青瑣〈紅梅〉詩。但見《全唐詩》卷
八一〇載劉元載妻〈早梅〉一作觀梅女仙詩：「南枝向暖北枝
寒，一種春花有兩般。」又《全唐詩》卷八六三載觀梅女仙〈題
壁〉蜀州郡閣有紅梅數株，方盛開。有二婦人，高髻大袖，倚
闌而觀，題詩於壁：「南枝向暖北枝寒，一種春花有兩般。」

② 〈猗覺寮雜記〉記李嶠：『大庾天寒少，南枝獨早芳。』，原句
當為李嶠〈梅〉：「大庾斂寒光，南枝獨早芳。」見《全唐詩》
卷六十。

③ 〈猗覺寮雜記〉引馮延巳詞，全句為馮延巳〈玉樓春〉（雪雲
乍變春雲簇）：「北枝梅蕊犯寒開，南浦波紋如酒綠。」

七、李俊民〈謁金門〉　　《全金元詞》頁 62

西齋[1] 得梅數枝，色香可愛。一日為澤倅崔仲明竊去，感
嘆不已，因賦謁金門十二章，以寫其悵望之懷。

開未徹。先把一枝偷折。看取黃昏今後別。暗香浮動月[2]。
誰為尋芳時節。誤了前村踏雪[3]。為問花開能賦客。如何
心似鐵[4]。

注解：

（1）西齋：指文人的書齋。《陳書·蔡凝傳》：「（凝）常端坐西齋，自非素貴名流，罕所交接。」

（2）看取黃昏今後別。暗香浮動月：看取，即看，取作助詞，無義。唐孟浩然〈題大禹寺義公禪房〉詩：「看取蓮花淨，應知不染心。」此二句蓋化用自宋林逋〈山園小梅〉詩二首之一：「疏影橫斜水清淺，暗香浮動月黃昏。」後人常用以詠梅。

（3）誤了前村踏雪：此句蓋化用自五代齊己〈早梅〉：「前村深雪裡，昨夜一枝開。」後人多借以詠早梅。

（4）爲問花閒能賦客。如何心似鐵：藉宋廣平之典，以言能詩善道的文人們如何能心似鐵，不爲梅花所心動？

閒：亦作間。

賦客，辭賦家。宋晏殊〈示張寺丞王校勘〉：「遊梁賦客多風味，莫惜青錢萬選才。」

心似鐵，唐皮日休《皮子文藪》卷一：「余嘗慕宋廣平之爲相，貞姿勁質，剛態毅狀。疑其鐵腸石心，不解吐婉媚辭。然覩其文而有梅花賦，清便富豔，得南朝徐庾體，殊不類其爲人也。後蘇相公味道得而稱之，廣平之名遂振。嗚呼！以廣平之才，未爲是賦，則蘇公果暇知其人哉！將廣平困於窮、厄於躓，然強爲是文邪？」疑廣平鐵石心腸，然觀之梅花賦卻不類其爲人，多有婉約之語。後人多用此典以讚嘆梅花之美足以令人感動。宋廣平，即唐名臣宋璟，封廣平郡公。

八、〈謁金門〉探梅

　　誰便道。昨夜雪中開了⁽¹⁾。次第不將消息報⁽²⁾。探芳人草草⁽³⁾。　　宜在嫩寒清曉。興比孤山⁽⁴⁾更好。流落逢花須醉倒。惜花人易老。

注解：

（1）誰便道。昨夜雪中開了：此二句化自五代齊己〈早梅〉：「前村深雪裡，昨夜一枝開。」用以詠早梅。

（2）次第不將消息報：言恩促而不及將昨夜雪中梅綻的消息傳報。次第，緊急、急促之意也。

（3）探芳人草草：草草，匆忙倉促的樣子。唐李白〈南奔書懷〉：「草草出近關。行行昧前籌。」

（4）孤山：山名。在浙江杭州西湖中，孤峰獨聳，秀麗清幽。宋林逋曾隱居於此，喜種梅養鶴，世稱孤山處士。孤山北麓有放鶴亭和梅林。孤山為林逋隱居之地，故後人常以孤山借指林逋。參見李俊民〈洞仙歌〉（隴頭瀟灑），注（7）。

九、〈謁金門〉賦梅

　　金的皪[1]。猶帶枝頭寒色。休道北人渾未識[2]。自然梅有格[3]。　　初見花時摘索[4]。再見花時狼藉[5]。詩句眼前拈不出。惱人樓上笛[6]。

注解：

（1）金的皪：紅梅的顏色在雪中顯得鮮明突出。

　　的皪，鮮明亮眼也。

（2）休道北人渾未識：宋范成大《梅譜》在品析梅花品種時，在紅梅下注曰：「紅梅，粉紅色。標格猶是梅，而繁密則如杏，香亦類杏。詩人有『北人全未識，渾作杏花看』之句。」宋范成大所指的詩人應為王安石。王安石〈紅梅〉：「春半花纔發，多應不奈寒。北人初未識，渾作杏花看。」

（3）自然梅有格：梅格，梅花的品格。宋蘇軾〈定風波〉詠紅梅：「詩老不知梅格在，吟詠，更看綠葉與青枝。」

（4）初見花時摘索：初見花時，繁花茂盛，似乎可以令人任意折取。

索，索取；討取。唐陸龜蒙〈襲美以公齋見小宴見招〉：「依芳釀酒愁遲去，借樣裁巾怕索將。」

（5）再見花時狼藉：再見花時，已是落梅飄落，一片繽紛散亂之樣。

狼藉，縱橫散亂貌。《史記・滑稽列傳》：「日暮酒闌，合尊促坐，男女同席，履舄交錯，杯盤狼籍。」

（6）詩句眼前拈不出。惱人樓上笛：詩人搜索枯腸，欲拈出佳句以賦梅。可惜只聞得惱人笛聲，彷彿梅花已經等不得詩人賦詩，紛紛凋零。此句化用李白〈與史郎中欽聽黃鶴樓上吹笛〉詩：「黃鶴樓中吹玉笛，江城五月落梅花。」李白原是詠吹笛，古代笛曲有〈梅花落〉。後人詠梅，也以聽聞笛曲，而有所抒懷。

十、〈謁金門〉歎梅

頻點檢$^{(1)}$。依舊雪肌清減$^{(2)}$。似恨海東花使濫。不教ㄠ鳳探$^{(3)}$。　休笑詩人冷淡。道盡影疏香暗$^{(4)}$。桃杏雖然無藻鑑。承當應不敢$^{(5)}$。

注解：

（1）點檢：考核、查察。唐杜甫〈贈獻納使起居田舍人澄〉：「曉漏追趨青鎖闥，晴窗點檢白雲篇。」

（2）依舊雪肌清減：頻頻探看花叢，梅花依舊是冰肌玉骨之姿。

雪肌，形容梅花骨幹被紛紛白雪覆蓋之樣。

清減，亦作清減。婉辭，消瘦，係形容梅花骨幹疏瘦之態。

（3）似恨海東花使濫。不教ㄠ鳳探：梅花埋怨海東蓬萊的花使，未遣ㄠ鳳來探望。宋蘇軾〈再用前韻〉化用趙師雄羅浮夢一事，此句應該是反用宋蘇軾〈再用前韻〉：「蓬萊宮中花鳥使，綠衣倒掛扶桑暾。」原意。

海東，此處應是用指東方海上的蓬萊仙境。原指海以東地帶，

常指日本。唐李肇《唐國史補》卷上：「佛法自西土，故海東未之有也。天寶末，揚州僧鑒眞始往倭國，大演釋教。」

花使，花鳥使，原指唐代專爲皇帝挑選妃嬪宮女的使者，此處應指看管花兒的仙人使者。唐元稹〈和李校書新題樂府十二首〉之上陽白髮人：「天寶年中花鳥使，撩花狹鳥含春思。」

幺鳳，鳥名。體形較燕子小，羽毛五色，每至暮春，來集桐花，故又稱桐花鳳。清屬荃《事物異名錄・禽鳥・桐花鳥》引明鎦績《霏雪錄》：「桐花鳥即東坡詞所謂倒挂綠毛幺鳳也。一名收香倒挂，又名探花使。」宋蘇軾〈西江月〉梅花：「海仙時遣探芳叢，倒挂綠毛幺鳳。」亦作綠毛幺鳳。莊季裕《雞肋編》卷下：「東坡在惠州作梅詞云，玉骨那愁煙瘴，冰姿自有儒風。海僊時遣探芳叢。倒挂綠毛幺鳳。　素面嘗嫌粉汙（疑作涴），洗妝不退脣紅。高情易逐海雲空。不與梨花同夢。廣南有綠羽丹觜禽，其大如雀，狀類鸚鵡，棲集皆倒懸於枝上，土人呼爲『倒挂子』。」

（4）**休笑詩人冷淡。道盡影疏香暗**：詩人何嘗冷淡相對，歷來多少文人對梅花的幽香、梅花的橫斜疏影，一次又一次地賦了不少好詩詞。

影疏香暗，爲林逋賦梅之名句，〈山園小梅〉詩二首之一：「疏影橫斜水清淺，暗香浮動月黃昏。」

（5）**桃杏雖然無藻鑑。承當應不敢**：此句語意蓋化用自王居卿與蘇軾論及林逋詠梅，是否亦可用於詠桃杏。阮閱《詩話總龜・前集》卷九引田承君云：「王居卿在揚州，同孫巨源蘇子瞻適相會。居卿置酒曰：『疏影橫斜水清淺，暗香浮動月黃昏。此林和靖梅花詩。然而爲詠杏與桃、李皆可。』東坡曰：『可則可也，但恐杏、李花不敢承當』一座大笑。」

藻鑑，品藻和鑑別（人才）。唐劉禹錫〈上門下武相公啓〉：「藻鑑之下，難迷陋容。」

十一、〈謁金門〉慰梅

誇獨秀。動把春光洩漏[1]。誰道江南無所有。一枝先入手[2]。　須是日將月就[3]。那在風飄雨驟。直待豆**稭**灰[4]落後。初嘗山店酒。

注解：

（1）**動把春光洩漏**：梅英初綻，不知不覺中洩露春天將至的消息。動，不覺。唐張祜〈病宮人〉：「佳人臥病動經秋，簾幕纖縿不掛鉤。」

洩漏，泄露、暴露、顯露。《三國志·吳志·周魴傳》：「魴建此計，任之於天，若其濟也，則有生全之福；邂逅洩漏，則受夷滅之禍。」

春光，春天的風光、景致。南朝宋吳木孜〈春閨怨〉：「春光太無意，窺窗來見參。」

（2）**誰道江南無所有。一枝先入手**：蓋化自陸凱〈贈范曄〉詩：「折花逢驛使，寄與隴頭人。江南無所有，聊贈一枝春。」，與王安石〈甘露歌〉集句之一云：「折得一枝香在手，人間應未有。」

（3）**日將月就**：日將月就，比喻積少成多，不斷進步。此句應是形容梅花從初綻枝頭到繁花盛開，再到落英繽紛的過程。《詩·周頌·敬之》：「日將月就，學有緝熙於光明。」孔穎達疏：「日就，謂學之使每日有成就；月將，謂至於一月則有可行。」

（4）**豆稭灰**：豆稭燒成的灰，呈白色，常喻欲雪的天色或雪。宋蘇軾〈岐亭道上見梅花戲贈季常〉：「野店初嘗竹葉酒，江雲欲落豆稭灰。」

十二、〈謁金門〉賞梅

　　全不讓。占了百花頭上⁽¹⁾。沒箇知音人共賞。陶潛無處望。⁽²⁾　　也有江湖酒量⁽³⁾。也有風騷詩將⁽⁴⁾。休道花前無伎倆⁽⁵⁾。疏狂些子放。⁽⁶⁾

注解：

（1）**全不讓。占了百花頭上**：梅花爲春天百花最先綻放者，最得東風意，無花能比。

　　占，處在某種地位或屬於某種情況。唐韓愈〈胡良公墓神道碑〉：「凡一試進士，二即吏部選，皆以文章占上第。」

（2）**沒箇知音人共賞。陶潛無處望**：菊花的知音人是陶潛。此時早梅初綻，卻未見個知音人共賞。

（3）**江湖酒量**：係指自己具有飲酒海量。

　　江湖，江河湖海。《莊子・大宗師》：「泉涸，魚相與處於陸，相呴以濕，相濡以沫，不如相忘於江湖。」

　　酒量，飲酒的能力。宋張耒《明道雜志》：「晁無咎與余酒量正敵，每相遇，兩人對飲，輒盡一斗，纔微醺耳。」

（4）**風騷詩將**：風騷，借指文采、才情。

　　詩將，指在詩壇稱雄的詩人。唐劉長卿〈送孔巢父赴河南軍〉：「聞道全軍征北虜，又言詩將會河南。」

（5）**伎倆**：技能、本領。唐貫休〈戰城南〉二首之一：「邯鄲少年輩，箇箇有伎倆。」

（6）**疏狂些子放**：在花兒面前，不妨稍微放縱些。

　　疏狂，狂放不羈。唐姚合〈遊春十二首〉：「親故多相笑，疏狂似少年。」

　　些子，亦作些仔。少許、一點兒。唐李白〈清平樂〉：「花貌些子時光，拋入遠泛瀟湘。」

　　放，猶教也、使也。

十三、〈謁金門〉畫梅

偷造化⁽¹⁾。秀出含章簷下⁽²⁾。為問花中誰可嫁。海棠開已罷。　　占了十分閑雅。占了十分瀟灑⁽³⁾。若使畫工能此畫。九方皋相馬⁽⁴⁾。

注解：

（1）**造化**：創作化育。《漢書・董仲舒傳》：「今子大夫明於陰陽所以造化，習於先聖之道業，然而文章未極，豈惑虖當世之務哉？」

（2）**秀出含章簷下**：源出於壽陽公主之典。《太平御覽》卷九七０引《宋書》：「武帝女壽陽公主，人日臥於含章簷下。梅花落公主額上，成五出之華，拂之不去。皇后留之。自後有梅花妝，後人多效之。」

（3）**占了十分閑雅。占了十分瀟灑**：梅花具有優雅之姿，超脫世俗之態。

　　占，據有，占有。唐羅隱〈蜂〉：「不論平地與山尖，無限風流盡被占。」

　　閑雅，亦作閑雅。閑，通嫻。《隋書・高祖紀上》：「此間人物，衣服鮮麗，容止閑雅，良有仕宦之鄉，陶染成俗也。」

　　瀟灑，灑脫不拘，超逸絕俗貌。唐李白〈王右軍〉：「右軍本清真，瀟灑在風塵。」

（4）**九方皋相馬**：此句蓋指若有畫工能畫出梅花栩栩如生之態，想必是梅花的知音者九方皋。九方皋，春秋時人，善相馬。相傳伯樂推薦他為秦穆公外出求馬，他不辨毛色雌雄，而觀察馬的內神，因得天下良馬。伯樂稱他「得其精而忘其粗，在其內而忘其外。」后用以比喻善於發現人才的人。宋黃庭堅〈過平與懷李子先詩〉：「世上豈無千里馬，人中難得九方皋。」

十四、〈謁金門〉 戴梅

花譜⁽¹⁾內。莫作等閒看待。鬬草吳王無可對。有他西子在⁽²⁾。　　好在一枝竹外⁽³⁾。影也教人堪愛。未免世間兒女態。折來頭上戴。

注解：

(1) 花譜：記載四季花卉的書。宋范成大〈寄題潭帥王樞使佚老堂〉：「濛陽花譜勝洛下，竹西藥闌來海瀕。」

(2) 鬬草吳王無可對。有他西子在：亦作鬥草，鬬艸、鬬百草。一種古代遊戲，競花草，比賽多寡優劣，常於端午行之。南朝梁宗懍《荊楚歲時記》：「五月五日， 四民並蹋百草，又有鬬百草之戲。」具體玩法是讓兩草（或花莖）交叉，兩人各捏草之兩頭，用力拉扯，直至一草被拉斷爲止，以草不斷的一方爲勝。直至唐五代十國，當時鬥百草之戲又出現了新的方式，就是互鬥所採的花草的品種數量，多者爲贏家。唐劉禹錫〈白舍人曹長寄新詩有游宴之盛因以戲酬〉：「若共吳王鬬百草，不如應是欠西施。」

(3) 好在一枝竹外：化用宋蘇軾〈和秦太虛梅花〉：「江頭千樹春欲暗，竹外一枝斜更好。」

十五、〈謁金門〉 別梅

懷抱⁽¹⁾惡。猶被暗香著莫⁽²⁾。想在隴頭誰領略⁽³⁾。一枝分付⁽⁴⁾錯。　　今夜雲窗霧閣。明夜煙村水郭⁽⁵⁾。紙帳⁽⁶⁾天寒人寂寞。夢回聞雪落。

注解：

(1) 懷抱惡：心懷、心意。唐杜甫〈遣興〉：「有子賢與愚，何其掛懷抱。」

（2）**猶被暗香著莫**：暗香，梅花所散發清幽的香氣。宋林逋〈山園
小梅〉詩二首之一：「疏影橫斜水清淺，暗香浮動月黃昏。」後
人常用以詠梅，故暗香已經成為梅花的代稱。

　　著莫，猶云撩惹或沾染也。唐鄭谷〈梓潼歲暮〉：「酒美消磨日，
梅香著莫人。」

（3）**想在隴頭誰領略**：想要將一枝春的消息寄與隴頭人，可惜所思
念的那個人能體會嗎？

　　隴頭，隴山，借指邊塞。南朝宋陸凱〈贈范曄〉詩：「折花逢驛
使，寄與隴頭人。」

　　領略：領會、理解。南朝梁江淹〈雜體詩·效張綽〈雜體〉〉：「領
略歸一致，南山有綺皓。」

（4）**分付**：表示，流露。宋周邦彥〈感皇恩〉：「淺顰輕笑，未肯等
閒分付。為誰心子裏，長長苦？」

（5）**今夜雲窗霧閣。明夜煙村水郭**：表達對對方的思念是無所不
在。

　　雲窗霧閣，雲霧繚繞的窗戶和居室，借指高聳入雲的樓閣，亦
借指建於極高處的樓閣，神秘莫測。唐韓愈〈華山女〉：「雲窗
霧閣事恍惚，重重翠幔深金屏。」

　　煙村水郭，煙村，亦作煙邨、烟村。指煙霧繚繞的村落。唐白
居易〈東南行一百韻〉：「水市通闤闠，煙村混軸轤。」

　　水郭，傍水的城郭。唐許渾〈贈蕭兵曹先輩〉：「潮生水郭蒹葭
響，雨過山城橘柚疏。」

（6）**紙帳**：以藤皮縫製的帳子。據明高濂《遵生八箋》卷八記載，
其製法為：「用藤皮繭紙纏於布上，以索纏緊，勒作皺紋，不用
糊，以線折縫縫之。頂不用紙，以稀布為頂，取其透氣。」

十六、〈謁金門〉 望梅

春一半。留與大家同看。覓箇溫柔林下伴。北枝猶未暖[1]。
縱有姮娥照管[2]。可惜羅浮夢短[3]。斷嶺不能遮望眼[4]。
幾時魂卻返[5]。

注解：

(1) 覓箇溫柔林下伴。北枝猶未暖：想要覓個在山林歸隱的溫柔伴
侶，只可惜北枝尚未回春。

林下，指山林田野歸隱之處。唐靈徹〈東林寺酬韋丹刺史〉：「相
逢盡道休官好，林下何曾見一人。」

北枝猶未暖，由於環境、氣候的差別導致北枝猶未暖，南枝早
已開。關於南枝已開，北枝尚未未回暖之典，見李俊民〈洞仙
歌〉（隴頭瀟灑），注（8）。此處不再贅述。

(2) 照管：照料管理，照看。宋范仲淹〈奏乞罷參知事知邊郡〉：「願
聖慈早賜指揮，罷臣參知政事，知邊上一郡，帶安撫之名，足
以照管邊事。」

(3) 羅浮夢：參見李俊民〈洞仙歌〉（隴頭瀟灑），注（6）。

(4) 斷嶺不能遮望眼：斗峭的山嶺也不能阻礙極度想要看到梅花的
思念。

望眼，遠眺的眼睛，盼望的眼睛。宋岳飛〈滿江紅〉：「抬望眼，
仰天長嘯，壯懷激烈。」

(5) 幾時魂卻返：返魂，指回生，復活。形容一歲在開的梅花，稱
之為返魂香。唐韓偓〈湖南梅花一冬再發偶題於花援〉：「玉為
通體依稀見，香號返魂容易迴。」

十七、〈謁金門〉憶梅

　　多少恨。不見舊時風韻[1]。浪蕊浮花都懶問[2]。江頭春有信[3]。　　誇甚壽陽妝鏡[4]。說甚揚州詩興[5]。雲破月來堪弄影[6]。世間無此景。

注解：

（1）**不見舊時風韻**：此句應指許久未見梅花的風姿綽約。

　　　風韻，參見蔡松年〈點絳脣〉（半幅生綃），注（1）。

（2）**浪蕊浮花都懶問**：對尋常芳草不感興趣。

　　　浪蕊浮花，亦作浮花浪蕊。指尋常芳草。唐韓愈〈杏花〉：「浮花浪蕊鎮長有，纔開還落瘴霧中。」又蘇軾〈賀新郎〉（乳燕飛華屋）詞云：「待浮花浪蕊都盡，伴君幽獨。」

（3）**江頭春有信**：江頭有春信，帶來春信者就是風韻再現的梅花。

　　　春信，唐鄭谷〈梅〉：「江國正寒春信穩，嶺頭枝上雪飄飄。」

（4）**壽陽妝鏡**：壽陽妝即梅花妝，皆源於壽陽公主之典。藉壽陽妝之典以言梅花有如美人之楚楚動人，令人愛慕之。原典記載參見李俊民〈謁金門〉（偷造化），注（2）。

（5）**揚州詩興**：藉何遜之典以言梅花之美令人無法忘懷。《古今圖書集成‧博物彙編‧草木典》引杜甫詩注云：「何遜為揚州法曹，廨舍有梅樹一株，時吟詠其下。後居洛，思梅，請再往從之。抵揚，花方盛開，對花徬徨終日。」南朝梁何遜〈揚州法曹梅花盛開〉：「兔園標物序，驚時最是梅。銜霜當路發，映雪似寒開。枝橫卻月觀，花繞凌風臺。朝灑長門泣，夕駐臨瓊杯。應知早飄落，故逐上春來。」杜甫〈和裴迪登蜀州東亭送客逢早梅相憶見寄〉：「東閣官梅動詩興，還如何遜在揚州。」杜甫借南朝詩人何遜賦詩詠梅比擬友人裴迪詠梅寄贈之作。

（6）**雲破月來堪弄影**：化用張先〈天仙子〉：「沙上並禽池上鳴，雲破月來花弄影。」

十八、〈謁金門〉夢梅

　　隨健步。已過市橋江路[1]。費盡西湖多少句。暗香留不住[2]。　　消得黃昏幾度。又是天寒日暮[3]。枕上吟魂無著處。化為蝴蝶去[4]。

注解：

（1）**隨健步。已過市橋江路**：走過市橋江路，遍尋各處，只為再見梅花。

　　健步，指行走快而有力。唐韓偓〈離家第二日卻寄諸兄弟〉：「千行淚激傍人感，一點心隨健步歸。」

（2）**費盡西湖多少句。暗香留不住**：即使寫下再多的詠梅好詩，依舊留不住花兒的凋謝。引用孤山西湖處士林逋其事與詩。參見李俊民〈洞仙歌〉（隴頭瀟灑），注（7）。

（3）**消得黃昏幾度。又是天寒日暮**：能禁得起幾度的黃昏，又到了天寒日暮的時候。

　　消得，禁得起。宋楊炎正〈蝶戀花〉稼軒坐間作首句用丘六書中語：「昨日解醒今夕又，消得情懷，長被春潺憁。」

　　度，次，回。唐杜甫〈天邊行〉：「九度附書向洛陽，十年骨肉無消息」

（4）**枕上吟魂無著處。化為蝴蝶去**：竟然無梅花可吟誦，夢中的我化為蝴蝶，只願能飛到天涯海角追尋梅花。

　　吟魂，詩人的靈魂。五代齊己〈經賈島舊居〉：「若有吟魂在，應隨夜魄迴。」

集評：

　　況周頤《蕙風詞話・李莊靖樂府》續編卷一：「金李用章《莊靖先生樂府》：〈謁金門〉序云：『西齋得梅數枝，色香可愛。一日為澤倅崔仲明竊去，感嘆不已，因賦謁金門十二章，以寫其悵望之懷。』直抒竊梅人之官位姓字，此序奇絕亦韻絕。其十二章之目曰：寄梅、

探梅、賦梅、嘆梅、慰梅、賞梅、畫梅、戴梅、別梅、望梅、憶梅、夢梅。細審一一，卻無言外寄託，只是為梅花作，抑何纏綿鄭重乃爾！其寄梅歇拍云：『為問花間能賦客。如何心似鐵。』亦悱惻、亦蘊藉，直使竊梅人無辭自解免。」

十九、元好問⁽¹⁾〈鵲橋仙〉　　《全金元詞》頁93

　　　同欽叔欽用賦梅⁽²⁾

　　孤根漸煖，芳魂乍返，待吐檀心又懶⁽³⁾。未先拈出一枝香，算只是、司花會揀⁽⁴⁾。　　　情緣未斷，韶華易減，早去尋芳已晚⁽⁵⁾。東風容易莫吹殘，暫留與、何郎⁽⁶⁾慰眼。

注解：

（1）元好問：字裕之，號遺山，太原秀容（今山西忻縣）人。金亡不仕，以著述存史自任。采摭金源君臣遺言往行，至百餘萬言，元人編修《金史》多本其著。纂成《中州集》十卷，附《中州樂府》，有金一代詩詞多賴以存。為文有繩尺，備眾體。其詩奇崛而絕，雕劖巧縟而謝綺麗。五言高古沈鬱。七言樂府不用古題，特出新意，歌謠慷慨，挾幽并之氣。其長短句揄揚新聲，以寫恩怨者，又數百篇。《金史》卷一二六附傳元德明。元好問生卒年，張子良；唐圭璋；馬興榮等皆作1190年～1257年。

（2）同欽叔欽用賦梅：欽用，即欽叔從弟。元好問作此詞時（1225年），_{〔註2〕}欽叔欽用兄弟同在汴京。欽叔，即李獻能，見李獻能〈江梅引〉（為飛伯賦青梅）注（1）。

（3）孤根漸煖，芳魂乍返，待吐檀心又懶：大地回春，梅花又再度有了生機，尚是含羞待吐之樣。

〔註2〕元好問詞之編年引自姚奠中主編〈元好問詞注析〉（太原：山西古籍出版社，2001年8月），頁3、52。

孤根，獨生的根。唐劉禹錫〈酬元九侍御贈璧竹鞭長句〉：「碧玉孤根生在林，美人相贈比雙金。」

芳魂乍返，返魂香，指一歲再開的梅花。芳魂，美人的魂魄，此處係指猶如美人般的梅花花魂。唐劉禹錫〈和樂天題眞娘墓〉：「芳魂雖死人不怕，蔓草逢春花自開。」

檀心，淺紅色的花蕊。

（4）**未先拈出一枝香，算只是、司花會揀**：百花未開時，掌管百花的司花女神先拈出一枝梅香來，眞是善於挑選。

拈，捻，用手指搓揉。〈敦煌曲子詞・天仙子〉：「淚珠若得似眞珠，拈不散，知何限，串向紅絲應百萬。

司花，唐顏師古《隋遺錄》卷上：「長安貢御車女袁寶兒，年十五，腰肢纖墮，駸冶多態。帝寵愛之特厚。時洛陽進合蒂迎輦花……帝命寶兒持之，號曰司花女。」后用以指管理百花的女神。

會，符合，相合。《管子・法禁》：「上明陳其制，則下皆會其度矣。」

揀，選擇、揀選。

（5）**情緣未斷，韶華易減，早去尋芳已晚**：自己和梅花的情緣未斷，然而春光短暫，雖然已經催促自己早早去尋芳，仍是太晚。

情緣，謂男女間愛情的緣份。此處則是指自己對梅花的深深喜愛之緣。

韶華，美好的時光。常指春光。唐戴叔倫〈暮春感懷〉：「東皇去後韶華盡，老圃寒香別有秋。」

尋芳，遊賞美景。唐姚合〈遊陽河岸〉：「尋芳愁路盡，逢景畏人多。」

（6）**東風容易莫吹殘，暫留與、何郎慰眼**：期盼花兒且慢凋謝，能讓何郎再多看幾眼。言何郎，亦是言晚去尋芳的自己。

何郎，何郎即何遜。《古今圖書集成・博物彙編・草木典》引杜甫詩注云：「何遜爲揚州法曹，廨舍有梅樹一株，時吟詠其下。

後居洛，思梅，請再往從之。抵揚，花方盛開，對花徬徨終日。」
何遜〈揚州法曹梅花盛開〉詠早梅詩云：「兔園標物序，驚時最
是梅。銜霜當路發，映雪似寒開。枝橫卻月觀，花繞凌風臺。
朝灑長門泣，夕駐臨瓊杯。應知早飄落，故逐上春來。」何遜
愛梅之事與詩常爲後人所引用。

二十、元好問〈點絳脣〉　《全金元詞》頁 107

青梅⁽¹⁾ 永寧⁽²⁾ 時作

玉葉⁽³⁾ 瓏瓏⁽⁴⁾，素妝不趁宮黃媚⁽⁵⁾。謝家風致。最得春風
意⁽⁶⁾。　手把青枝，憶得斜橫鬢。西州淚⁽⁷⁾。玉觴無味。強
爲清香醉⁽⁸⁾。

注解：

姚奠中主編〈元好問詞注析〉定此首詞詞作時間爲 1216 年。〔註3〕

（1）**青梅**：參見李獻能〈江梅引〉（漢宮嬌額倦塗黃），注（2）。

（2）**永寧**：《金史‧地理志》：「南京路嵩州永寧縣。」在今河南洛寧
　　縣東北。

（3）**玉葉**：對花木葉子之美稱。南朝梁江淹〈學梁玉兔園賦〉：「青
　　樹玉葉，彌望成林。」

（4）**瓏瓏**：明潔貌。唐杜牧〈街西長句〉：「銀鞍駷褭嘶宛馬，繡韉
　　瓏瓏走鈿車。」

（5）**素妝不趁宮黃媚**：將梅花擬爲一位美女，言其妝扮不追求一般
　　宮女額黃之妝。
　　趁，追求。唐周賀〈贈姚合郎中〉：「道從會解唯求靜，詩造玄
　　微不趁新。」

（6）**謝家風致。最得春風意**：謝家園林中的花草山水景致最有雅趣，
　　似乎春風也最屬意這兒，特別地關照愛護。

謝家，指南朝宋謝靈運家。謝靈運於會稽始寧縣有依山傍水的莊園，后因用以代稱貴族家園。唐李端〈鮮于少府宅看花〉：「謝家能植藥，萬簇相縈倚。」

風致，風味、情趣。宋陳師道《後山詩話》：「魯直與方蒙書：『頃洪埒送令嗣二詩，風致灑落，才思高秀。』」

（7）**手把青枝，憶得斜橫鬢。西州淚**：藉西州淚之典，敘其感懷故人之情。手把青枝，所思念的是梳著斜橫鬢的姑娘。

西州淚，指晉羊曇感舊興悲哭悼舅謝安事。《晉書‧謝安傳》：「羊曇者，太山人，知名士也，為安所愛重。安薨後，輟樂彌年，行不由西州路。嘗因石頭大醉，扶路唱樂，不覺至州門。左右白曰：『此西州門。』曇悲感不已，以馬策扣扉，誦曹子建曰：『生存華屋處，零落歸山丘。』慟哭而去。」后以西州路、西州淚為典，表示感舊興悲，悼亡故人之情。宋蘇軾〈八聲甘州‧寄參寥子〉：「西州路，不應回首，為我沾衣。」

（8）**玉觴無味。強為清香醉**：此番思念之情至深至極，使得飲酒也覺得無味。雖然飲酒無味，梅花的清淡香味卻勉強使我暫且忘卻思念之苦。

玉觴，酒的美稱。唐杜甫〈白水縣高齋三十韻〉：「玉觴淡無味，羯奴豈強敵。」

強，強迫，勉強。《史記‧漢鄭列傳》：「上以為淮陽，楚地之郊，乃召拜黯為淮陽太守。黯伏謝不受印，詔數強予，然後奉詔。」

二十一、元好問〈蝶戀花〉　　《全金元詞》頁110

同樂舜咨郎中[1]夢梅

梅信初傳金點小[2]。翠羽多情，儘耐風枝裊[3]。乞與吟**鞿**□原作共，從南塘本[4]改。百繞。小窗月暗人聲悄[5]。　　枕上詩成還自笑。萬斛清愁，換得春多少[6]。臨水幽姿空自照。羅浮山下孤村繞[7]。

注解：

（1）**樂舜咨郎中**：樂舜咨，樂夔，字舜咨。

郎中，官名。始於戰國。秦漢沿置。掌管門戶、東騎等事，內充侍衛，外從作戰。另尚書臺設郎中司詔策文書。晉武帝置尚書諸曹郎中，郎中為尚書曹司之長。隋唐迄清，各部皆設郎中，分掌各司事務，為尚書、侍郎之下的高級官員，清末始廢。《史記・儒林列傳》：「一歲皆輒試，能通一藝之上，補文學掌故缺，其高第可以為郎中者，太常籍奏。」

（2）**梅信初傳金點小**：梅花含羞待放，帶來了春天乍到的消息。

梅信，梅花開放所報春天將到的信息。宋賀鑄〈江夏寓興〉：「朋從正相遠，梅信為誰開。」

金點小，梅花尚未盛開，只能窺得小小金黃色花蕊。

（3）**翠羽多情，盡耐風枝裊**：翠鳥多情，耐得風枝搖動，只為探訪花叢。

翠羽，翠鳥。此句翠羽當是援引自舊題唐柳宗元《龍城錄》所記綠衣童子一事：「少頃，有一綠衣童子來，笑歌歡舞，亦自可觀。師雄醉寐，但覺風寒相襲，久之東方已白。師雄起視，乃在大梅花樹下，上有翠羽啾嘈，相顧月落參橫，但惆悵而已。」依其所述，此翠羽當指綠毛幺鳳。幺鳳的記載，參見〈謁金門〉（頻點檢），注（3）。

風枝，風吹拂下的樹枝。唐戴叔倫〈客夜與故人偶集〉：「風枝驚暗鵲，霜雪覆寒蛩。」裊，亦作裊。搖曳、顫動。南朝梁沈約〈十詠〉領邊繡：「不聲如動吹，無風自裊枝。」

（4）**南塘本**：依唐圭璋《全金元詞》引用書目所言，南塘本指的是張家驌南塘本《遺山新樂府》。

（5）**乞與吟鞭。百繞。小窗月暗人聲悄**：月色昏暗，窗外人聲靜悄悄，而我獨自一人在這兒來回踱走。

乞，始終、一直。

吟，常用以指與作詩或詩人有關的事物。如吟鞭，指詩人的馬鞭；吟肩，詩人的肩膀。

韆，同鞋。

（6）**萬斛清愁，換得春多少**：清愁萬斛，又能換得多少春天，只不過是多愁善感罷了。

　　萬斛，量詞。古代一斛爲十斗，南朝宋改爲五斗。以萬斛承載清愁，看似可數，實爲不可數，言其清愁之濃厚。陸龜蒙〈奉和襲美酒中十詠之酒泉〉：「味既敵中山，飲寧拘一斛。」

　　清愁，淒涼的愁悶情緒。張孝祥〈鵲橋仙〉：「清愁萬斛，柔腸千結，醉裏一時分付。」

（7）**臨水幽姿空自照。羅浮山下孤村繞**：看到梅花獨自照花影，孤芳自賞，自己亦是孤獨一人，增添落寞之情。

　　幽姿，幽雅的姿態。南朝宋謝靈運〈登池上樓〉：「潛虯媚幽姿，飛鴻響遠音。」

　　羅浮山，羅浮山，山名，在廣東省東江北岸。晉葛洪曾在此山修道，道教稱爲第七洞天。

　　孤村，孤零零的村莊。宋晁補之〈夜行〉：「孤村聞犬吠，風雪夜歸人。」

二十二、元好問〈梅花引〉　　《全金元詞》頁 115

　　同張仲經[1] 楊飛卿[2] 賦青梅

　　綠華仙蕚彩雲間[3]。雪消殘。擁香□。隨意輕勻淺注儘高閑[4]。向道是梅剛不信，更誰占、東風最上番[5]。　　韻絕秀絕香又絕，恨□千山復□山。原作恨千山復千山，茲據南塘本改才情似記何郎句，清淚斑斑[6]。寂寞孤村籬落小溪灣。修竹蕭蕭[7] 霜月苦，好留與、青綾[8] 護曉寒。

注解：

（1）**張仲經**：張澄，字之純，一字仲經，號橘軒，隆安人，孔孫父。
為東平萬戶府參議。

（2）**楊飛卿**：楊鵬，一名雲鵬，字飛卿。金末為詳議官，金亡，寓
居東平。

（3）**綠華仙萼彩雲間**：形容梅花姿態如同萼綠仙子般超凡脫塵，高
不可攀。
　綠華仙萼，仙女萼綠華的省稱。作者使用此典，正切合賦青梅。
李獻能〈江梅引〉（漢宮嬌額倦塗黃），注（2）。
　彩雲，絢麗的雲彩。南朝梁劉勰《文心雕龍・序志》：「予生七
齡，乃夢彩雲若錦，則攀而採之。」

（4）**隨意輕勻淺注儘高閑**：雖然不是濃妝豔抹，只是淺淺淡妝，卻
反而能表現出清高脫俗之態。
　儘，倒、卻；竟然。唐許岷〈木蘭花〉：「當初不合儘饒伊，贏
得如今長恨別。」
　高閑，清高閑遠。唐孟郊〈憶周秀才素上人時聞各在一方〉：「浮
雲自高閑，明月常空淨。」

（5）**上番**：初番，頭回。多指植物初生。唐杜甫絕句〈三絕句〉之
三：「會須上番看成竹，客至從嗔不出迎。」

（6）**才情似記何郎句，清淚斑斑**：何遜詠梅，能道盡梅花之韻，梅
花彷彿為之感動，流下斑斑清淚。何郎，即何遜。何遜〈揚州
法曹梅花盛開〉詠早梅：「兔園標物序，驚時最是梅。銜霜當路
發，映雪似寒開。枝橫卻月觀，花繞凌風臺。朝灑長門泣，夕
駐臨瓊杯。應知早飄落，故逐上春來。」
　才情，才思、才華。南朝宋劉義慶《世說新語・賞譽》：「許玄
度送母始出都，人問劉尹：『玄度定稱所聞否？』劉曰：『才情
過於所聞。』」
　清淚，眼淚。宋曾鞏〈秋夜〉：「清淚昏我眼，沈憂回我腸。」

斑斑，斑點眾多貌。唐李益〈寄贈衡州楊使君〉：「湘竹斑斑湘水春，衡陽太守虎符新。」

（7）蕭蕭：形容馬叫聲、風雨聲、草木搖落聲、樂器聲等。此處當是用以形容草木搖落聲。

（8）青綾：指青色的有花紋的絲織物，古時貴族常用以制被服帷帳。北周庾信〈謝趙王賚王白羅袍袴啓〉：「永無黃葛之嗟，方見青綾之重。」

二十三、元好問〈點絳脣〉三　《全金元詞》頁 122

玉蕊輕明，洗妝偏費春風手⁽¹⁾。韻香襟袖。別是閨房秀⁽²⁾。錦瑟華年⁽³⁾，□醉東園⁽⁴⁾酒。西歸後。舊家花柳。誰得何郎瘦⁽⁵⁾。

注解：

（1）玉蕊輕明，洗妝偏費春風手：東風吹拂，恰似爲美人梳妝打扮，使得梅花綻放芳姿。

玉蕊，指花苞。宋梅堯臣〈詠王宗說園黃木芙蓉〉：「玉蕊圻蒸粟，金房落晚霞。」

洗妝，梳洗打扮。唐韓愈〈華山女〉：「洗妝拭面著冠帔，白咽紅頰長眉青。」

（2）韻香襟袖。別是閨房秀：梅花盛開，綻放芳香，彷彿是衣襟衣袖散發著高雅香氣的美女。

襟袖，衣襟衣袖。南朝宋謝惠連〈白羽扇贊〉：「揮之襟袖，以禦炎熱。」

別是閨房秀，此句將梅花擬人化。

別是，另是。南唐李煜〈烏夜啼〉：「剪不斷，理還亂，是離愁。別是一番滋味在心頭。」

閨房，借指婦女。《宋書・良吏傳》：「左右無幸謁之思，閨房無

文綺之飾。」

（3）**錦瑟華年**：比喻青春時代。語出李商隱〈錦瑟〉：「錦瑟無端五
　　十絃，一絃一柱思華年。」

（4）**東園**：泛指園圃。晉陶潛〈停雲〉之三：「東園之樹，枝條再榮。
　　競用新好，以怡余情。」

（5）**舊家花柳。誰得何郎瘦**：何遜愛梅，除此之外，沒有其他的花
　　木足以令何遜念念不忘。《古今圖書集成‧博物彙編‧草木典》
　　引杜甫詩注云：「何遜作揚州法曹，廨舍有梅一株，常吟詠其下。
　　後居洛，思之，請再往，從之；抵揚州，花方盛開，遜對樹徬
　　徨終日。」足見何遜對梅之愛好。

二十四、長筌子[1]〈天香慢〉　　《全金元詞》頁582

　　梅

　　萬木歸根，三冬拔翠，曉來梅萼輕坼[2]。**妬**雪精神，清人
氣餒，不許等閑攀摘[3]。百花未發，獨占得東君[4]春色。庾嶺
斜橫，秀孤芳，更妙機難測[5]。　　　　西湖灑然至極。勝蠟黃愈
增靈識[6]。漏泄前村驛使，喜傳消息[7]。解引詩人雅詠，對一
枝蕾，興自適。月浸寒梢，天香可惜[8]。

注解：

（1）**長筌子**：長筌子有《洞淵集》，署名爲龜山長筌子。詩序有「正
　　大辛卯」語（金世宗正大十一年辛卯，西元1171年），可知爲
　　金人。長筌子生卒年不詳。

（2）**萬木歸根，三冬拔翠，曉來梅萼輕坼**：寒冬之際，草木歸根，
　　四處毫無生氣，卻見梅花獨綻，帶來一枝春的消息。
　　三冬：冬季三月，即冬季。唐楊炯〈李舍人山亭詩序〉：「三冬
　　事隙，五日歸休。」
　　拔翠，翠綠出眾。

拔，超出，突起之意。唐李白〈夢遊天姥吟留別〉：「天姥連天向天橫，勢拔五嶽掩赤城。」

坼，裂開、分裂，亦特指植物的種子或花芽綻開。

（3）**妒雪精神，清人氣燄，不許等閑攀摘**：梅花具有傲雪欺霜的精神、清高之士的氣燄，因此不為平凡俗人折腰，故容不得俗人隨意摘取。

妒，亦作妬，婦女相忌妒，亦泛指忌人之長。此處所謂妒雪，應是指冰天雪地，使萬物了無生氣，梅花偏偏要與之相較，在白茫茫的大地中吐露生機。《荀子・仲尼》：「處重擅權，則好專事而妒賢能。」

精神，指人的精氣、元神。相對於形骸而言。《呂氏春秋・盡數》：「聖人察陰陽之宜，辨萬物之利，以便生，故精神安乎形，而年壽得長焉。」

清人，純潔的人。唐潘佑〈送許處士堅往茅山〉：「白雲與流水，千載清人心。」

氣燄，原指開始燃燒、尚未成勢的氣燄。常以比喻人或其他事物的威勢、聲勢。《左傳・莊公十四年》：「人之所忌，其氣燄以取之。」

（4）**東君**：司春之神，《尚書・緯》：「春為東皇，又為青帝。」

（5）**庾嶺斜橫，秀孤芳，更妙機難測**：庾嶺梅花最先占得東君喜愛，使得原本的草木枯容，轉眼間一變，處處可見梅花春色，其中的奧妙的變化真是妙不可測。

庾嶺，山名，即大庾嶺，為五嶺之一。在江西省大庾縣南。嶺上多植梅樹，故又名梅嶺。唐鄭谷〈咸通十四年府試木向榮〉：「庾領梅花覺，隋堤柳暗驚。」

斜橫，形容梅花枝幹之態。或橫或斜，多以狀梅竹之類花木枝條及其影子。

秀，顯露、露出。陸機〈演連珠〉之三三：「懸景東秀，則夜光

與武夫匿耀。」

孤芳，獨秀的香花。常比喻高潔絕俗的品格。南朝梁沈約〈謝齊竟陵王教撰高士傳啓〉：「貞操與日月俱懸，孤芳隨山壑共遠。」

妙，精微，奧妙。《老子》：「故常無欲，以觀其妙。」王弼注：「妙者，微之極也。」

機，事物變化之所由。《莊子‧至樂》：「萬物皆出於機，皆入於機。」成玄英疏：「機者，發動，所謂造化也。」

(6) **西湖灑然至極。勝蠟黃愈增靈識**：西湖梅花之景極為灑脫，黃蠟梅更為它增添生氣，透顯生機。

西湖，湖名。以西湖名者甚多，多以其在某地之西為義。

灑然，瀟灑；灑脫。此處應是形容西湖的梅花之景具有超逸絕俗之感。宋蘇舜欽〈大理評事杜君墓志〉：「（杜叔溫）性灑然峻拔，少所與合。」

蠟黃，指蠟梅。

靈識，靈魂。靈魂所指並非指附在人的軀體上的一種非物質的東西，而是指精神、思想、感情等。故此處所指靈魂當為大地逐漸回春，萬物都恢復精神，增添生氣，欣欣向榮之態。金元好問《續夷堅志‧王登庸前身》：「（劉氏女）采桑墮樹下，傷重，氣未絕，而靈識已託生王家。」

(7) **漏泄前村驛使，喜傳消息**：化用前村梅與驛使梅花兩個典故，敘其喜見早梅，並欲與友共享梅信初傳，寄託對友人的問候與思念。

漏泄，泄露、暴露、顯露。宋王安石〈紅梅〉：「江南歲盡多風雪，也有紅梅漏泄春。」

前村，五代齊己〈早梅〉：「前村深雪裡，昨夜一枝開。」確切地寫出早梅之早的特點，後借用為詠早梅的典故。

驛使，《太平御覽》卷九七〇引南朝宋盛弘之《荊州記》：「陸凱與范曄相善，自江南寄梅花一枝，詣長安與曄。並贈花詩曰：『折花逢驛使，寄與隴頭人。江南無所有，聊贈一枝春。』」

（8）可惜：應予愛惜。唐高適〈九日酬顏少府〉：「簷前白日應可惜，籬下黃花爲誰有。」

二十五、劉秉忠⁽¹⁾〈點絳脣〉　　《全金元詞》頁 620

梅

策杖尋芳，小溪深雪前村路⁽²⁾。暗香時度。更在清幽處⁽³⁾。一見冰容，便有西湖趣⁽⁴⁾。題新句。句成梅許。折得南枝⁽⁵⁾去。

注解：

（1）**劉秉忠**：本名侃，字仲晦，號藏春散人。先世瑞州（今江西高安）人，曾祖時移居邢州（今河北邢台）人。年十七，爲邢台節度使府令史，不久歸隱武安山爲僧，更名子聰。從海雲禪詩遊，見忽必烈於潛邸，留備顧問，嘗從伐宋征大理，每以不妄殺戮爲言，世祖即位，拜光祿大夫。參領中書省事，改名秉忠。《元史》卷一五七有傳。著有《藏春集》六卷。劉秉忠生卒年，張子良；唐圭璋；馬興榮等作 1216 年～1274 年。

（2）**策杖尋芳，小溪深雪前村路**：前村深雪有梅初綻，拄杖去尋梅。策杖，拄杖。也稱拄策。三國魏曹植〈苦思行〉：「策杖從我遊，教我要忘言。」
尋芳，遊賞美景。唐姚合〈遊陽河岸〉：「尋芳愁路盡，逢景畏人多。」
小溪深雪前村路，化用五代齊己〈早梅〉：「前村深雪裡，昨夜一枝開。」後人多用前村之典詠早梅。

（3）**暗香時度。更在清幽處**：要覓得梅花芳蹤，惟有在清幽之處。
暗香，宋林逋〈山園小梅〉詩二首之一：「疏影橫斜水清淺，暗香浮動月黃昏。」後人常用以詠梅，故暗香已經成爲梅花的代稱。
時度，時候。宋張綱〈念奴嬌〉二：「暗香時度，捲簾留伴霜月。」

清幽，秀麗而幽靜。唐玄宗〈為趙法師別造精院過院賦詩〉：「坐
朝繁聰覽，尋勝在清幽。」

（4）一見冰容，便有西湖趣：一見梅花美好姿態，孤立於漫漫飛雪
之中，極欲效仿林逋，為其寫些好詩好句。

冰容，形容梅花的顏色有如冰雪一般的潔白純淨，同時亦象徵
梅花冰清玉潔的德行。宋向子諲〈水調歌頭〉趙伯席見山上梅：
「獨立水邊林下，蕭蕭冰容孤豔，清瘦玉腰支。」

西湖，林逋隱居於西湖，故西湖亦代指林逋。林逋愛梅成癡，
留下不少賦梅佳句。關於林逋的記載，參見李俊民〈洞仙歌〉
（隴頭瀟灑），注（7）。

（5）南枝：兩宋詞人多用南枝指稱梅花，金元詠梅詞亦承之。參見
蔡松年〈念奴嬌〉（倦游老眼），注（12）。

二十六、劉秉忠〈點絳脣〉　　《全金元詞》頁 620

梅

恰破黃昏，一灣新月稍稍共。玉溪流汞。時有香浮動⁽¹⁾。
別後清風。馥郁添多種⁽²⁾。如相送。未忘珍重。以入幽人
夢⁽³⁾。

注解：

（1）恰破黃昏，一灣新月稍稍共。玉溪流汞。時有香浮動：此句蓋
化用自宋林逋〈山園小梅〉詩二首之一：「疏影橫斜水清淺，暗
香浮動月黃昏。」

稍稍，漸次，逐漸。《戰國策‧趙策二》：『秦之攻韓魏也。則不
然。無有名山之大川之限，稍稍蠶食之，傅之國都而止矣。』

玉溪，溪流的美稱。唐賈島〈蓮峰歌〉：「錦礫潺湲玉溪水，曉
來微雨藤花紫。」

流汞，本義為水銀，此處用指溪流之清澈。

（2）**別後清風。馥郁添多種**：與梅別後，微風吹拂中似乎也增添濃濃的香氣。

清風，清微的風，清涼的風。《詩‧大雅‧烝民》：「吉甫作誦，穆如清風。」

馥郁，形容香氣濃厚。後蜀顧瓊〈漁歌子〉：「畫簾垂，翠屏曲，滿袖荷香馥郁。」

（3）**如相送。未忘珍重。以入幽人夢**：與梅相別，望梅好好保重，也別忘時常入夢中相見。足見愛梅之深切。

珍重，保重，南朝梁王僧孺〈與何炯書〉：「所以握手戀戀，離別珍重。」

幽人，幽隱之士，隱士。《後漢書‧逸民傳序》：「光武色側席幽人，求之若不及。」

二十七、白樸⁽¹⁾〈木蘭花慢〉　　《全金元詞》頁 638

覃懷北賞梅，同參政西庵楊丈，和奧敦周卿府判韻。⁽²⁾

記羅浮仙子⁽³⁾，儼微步⁽⁴⁾、過山村。正日暮天寒、明裝淡抹，來伴清樽⁽⁵⁾。行雲黯然飛去，悵參橫月落夢無痕⁽⁶⁾。翠羽嘈嘈樹杪，玉鈿隱隱牆根⁽⁷⁾。　　　山陽一氣變冬溫⁽⁸⁾。真實不須論。滿竹外幽香，水邊**疏**影⁽⁹⁾，直徹蘇門⁽¹⁰⁾。彷彿對花終日，扮淋漓、襟袖醉昏昏⁽¹¹⁾。折得一枝在手，天涯幾度銷魂。⁽¹²⁾

注解〔註4〕：

（1）白樸：原名恆（恒），字仁甫，後改名樸，字太素，號蘭谷。父華爲金樞密院判官，天興元年（1232 年）十二月，扈從哀宗出京城東奔。二年三月，哀宗至歸德（今河南商丘），命其召鄧州

〔註4〕白樸小傳與以下四首白樸詠梅詞作箋注，除作部份修改，皆引自卓惠婷《白樸及其天籟集研究》（台南：國立成功大學中國文學研究所碩士論文，2004 年 6 月），頁 9，頁 106～109，134～136，173～174。

節度使移剌瑗勤王，華至鄧州，從瑗降宋後，官襄陽制幹，改
均州提督，而後北歸。初，華扈駕出奔，遺家於圍城中。子樸
方七歲，汴京陷時，倉皇失母，賴元好問護持，挈以北渡。數
年，父子相見，遂隱居真定（今河北正定）以終。降元後不仕。
有《天籟集》詞。白樸生卒年，張子良作 1226 年～？年；唐圭
璋作 1226 年～1307 年；馬興榮等作 1226 年～1306 年後。

（2）**覃懷北賞梅，同參政西庵楊丈，和奧敦周卿府判韻**：世祖至元
七年（1270 年）前後，白樸四十五歲左右，作於懷州（今河南
沁陽）。

參政，官名。宋代參知政事的省稱，為宰相的副職。元於中書
省、行中書省，皆置參政，為副貳之官。明於布政使下置左右
參政。清初，各部也設參政，後改侍郎。

楊丈，楊果，字正卿，號西庵。祁州蒲陰人。金正大元年進士，
歷知偃師、滿城、陝縣，皆有能聲。金亡，入史天澤幕，中統
元年授北京宣撫史，明年拜參政，至元六年出為懷孟路總管，
八年卒，年七十五。諡文獻。

奧敦周卿，奧屯希魯，字周卿，號竹庵，淄州人，希元弟。工
樂府，至元初為懷孟路判官，歷河南憲檢，江西憲副，陞江東
憲使，遷澧州路總管，終侍御史。

（3）**羅浮仙子**：引用柳宗元《龍城錄》所記羅浮仙子一事。參見李
俊民〈洞仙歌〉（隴頭瀟灑），注（6）。

（4）**儼微步**：形容羅浮仙子昂首微步之樣。
儼，昂立。唐韓愈〈南山〉：「或儼若峨冠，或翻若舞袖。」
微步，輕步，三國魏曹植〈洛神賦〉：「凌波微步，羅襪生塵。」

（5）**正日暮天寒、明裝淡抹，來伴清樽**：前句已將梅花比擬為羅浮
仙子，此句承之，敘其妝扮，並以為眾人在花下飲酒，彷彿仙
子左右相伴。
日暮天寒，形容天色晚，天微涼之情景。語出唐杜甫〈佳人〉

詩：「天寒翠袖薄，日暮倚修竹。」

明裝，明麗的妝飾。南朝宋鮑照〈代堂上歌行〉：「雖謝侍君間，明妝帶綺羅。」

清樽，亦作清尊、清罇。酒器，亦借指清酒。《古詩類苑》卷四十五引〈古歌〉：「清樽發朱顏，四坐樂且康。」

（6）行雲黯然飛去，悵參橫月落夢無痕：天色將明，眾人賞梅彷彿作了一場羅浮夢，，如今天色將明，仙子黯然離去，所見者只剩眼前的梅花。惆悵參橫月落夢無痕此句，蓋化用柳宗元《龍城錄》所記趙師雄在夢中與羅浮仙子相遇後，「師雄醉寐，但覺風寒相襲，久之東方已白。師雄起視，乃在大梅花樹下，上有翠羽啾嘈，相顧月落參橫，但惆悵而已。」

行雲，謂所愛悅的女子。此處應指羅浮仙子。唐李白〈久別離〉：「東風兮東風，爲我吹行雲，使西來。」

黯然，感傷沮喪貌。唐柳宗元〈別舍弟宗一〉：「零落殘魂倍黯然，雙垂別淚越江邊。」

參橫月落，亦作月沒參橫，月亮已落，參星橫斜，形容夜深。參，二十八宿之一。三國魏曹植〈善哉行〉：「月沒參橫，北斗闌干。」一說，形容天色將明。首先用柳宗元《龍城錄》所記趙師雄在夢中與羅浮仙子相遇一事，參見李俊民〈洞仙歌〉（隴頭瀟灑），注（6）。宋洪邁《容齋隨筆·梅花橫參》則提出：「今人梅花詩詞，多用參橫字，蓋出柳子厚《龍城錄》所載趙師雄事，然此實妄書，或以爲劉無言所作也。其語曰：『東方已白，月落參橫。』且以多半視之，黃昏時，參已見，至丁夜則西沒矣，安得將旦而橫乎？」

（7）翠羽嘈嘈樹杪，玉鈿隱隱牆根：青翠的鳥兒，在樹梢上嘰嘰喳喳地叫著；潔白如玉的花朵，茂盛繁多地綻放在牆邊處。

翠羽，翠鳥。此翠羽當指綠毛幺鳳。綠毛幺鳳記載，參見〈謁金門〉（頻點檢），注（3）。

嘈嘈，形容眾聲嘈雜。王延壽〈魯靈光殿賦〉：「耳嘈嘈以失聽，目瞻瞻而喪精。」李善注引〈埤倉〉：「嘈嘈，聲眾也。」

樹杪，樹梢。《陳書‧儒林傳‧王元規》：「元規自執檝棹而去，留其男女三人，閣於樹杪。」

玉鈿，喻潔白如玉的花朵。宋吳文英〈清平樂‧書梔子扇〉詞：「柔柯剪翠，蝴蝶雙飛起，誰墮玉鈿花徑裡，香帶熏風臨水。」

隱隱，盛多貌。隱，通殷。漢司馬相如〈上林賦〉：「沈沈隱隱，砰磅訇礚。」李善注：「隱隱，盛貌也。」

牆根，牆壁下部以及地面近牆處。唐白居易〈早春〉詩：「滿庭天地濕，薺葉生牆根。」

（8）**山陽一氣變冬溫**：在山朝南面的地方，空氣遽降，轉眼間氣溫彷彿如冬天般的寒冷。

山陽，山朝南的一面。《漢書‧郊祀志上》：「從陰道下。」唐顏師古注：「山南曰陽，北山曰陰。」

一氣，指空氣。晉方慶〈風過簫賦〉：「風之過兮，一氣之作。」

（9）**滿竹外幽香，水邊疎影**：竹外幽香，水邊疎影道盡梅花之韻味。

滿竹外幽香，語出宋姜夔〈暗香〉詞：「但怪得、竹外疏花，香冷入瑤席。」

水邊疎影，語出宋林逋〈山園小梅〉詩：「疏影橫斜水深淺，暗香浮動月黃昏。」

疎影，亦作疏影，疏朗的影子。唐杜牧〈長安月夜〉詩：「古槐疏影薄，仙桂動秋聲。」

（10）**蘇門**：山名。在河南省輝縣西北，又名蘇嶺，百門山。晉孫登曾隱居於此。後因用以借指孫登。唐陽炯〈群官尋陽隱居詩序〉：「阮籍之見蘇門，止聞鸞嘯。」

（11）**扮淋漓、襟袖醉昏昏**：拚命飲酒直到酣暢過癮為止，酒氣充滿胸口，顯得昏沈無比，整個人喝得醉醺醺。

扮，同拚，豁出去，捨棄不顧。五代牛嶠〈菩薩蠻〉詞：「須作

一生拚，盡君今日歡。」

淋漓，形容酣暢。唐李商隱〈韓碑〉詩：「公退齋戒坐小閣，濡染大筆何淋漓。」

襟袖，衣襟衣袖，這裡借指胸懷。唐杜牧〈秋思〉詩：「微雨池塘見，好風襟袖知。」

醉昏昏，沈醉貌，昏沈貌。《戰國策・趙策四》：「此皆能乘王之醉昏而求所欲於王者也。」《敦煌變文集・無常經講經文》：「休於濁世醉昏昏，須與便是無常到。」

（12）**折得一枝在手，天涯幾度銷魂**：攀折一枝梅花放在手中，想著從此天涯契闊，不覺黯淡沮喪。

折著一枝在手，攀折一枝梅花放在手中。語出唐袁皓〈及第後作〉：「金榜高懸姓字眞，分明折得一枝春。」與王安石〈甘露歌〉集句之一云：「折得一枝香在手，人間應未有。」

一枝，即一枝春，指梅花。《太平御覽》卷九七〇引南朝宋盛弘之《荊州記》：「陸凱與范曄相善，自江南寄梅花一枝，詣長安與曄，並贈花詩曰：『折花逢驛使，寄與隴頭人，江南無所有，聊贈一枝春。』」後多以一枝春爲梅花的別名。宋黃庭堅〈劉邦直送早梅水仙花〉詩之一：「欲問江南近消息，喜君貼我一枝春。」

天涯，猶天邊，指極遠的地方。語出〈古詩十九首・行行重行行〉：「相去萬餘里，各在天一涯。」南朝陳徐陵〈與王僧辨書〉：「維桑與梓，翻若天涯。」

銷魂，謂神思茫然，魂魄離體，用以形容悲傷愁苦的情狀。如唐彥謙〈八月十六日〉詩：「夜月斷腸佳賞固難期，昨夜銷魂更不疑。」

二十八、白樸〈木蘭花慢〉 　《全金元詞》頁 638

復用前韻，代友人宋子治[1]賦

望丹東沁北，淡流水、繞孤村[2]。對幾樹疏梅，十分素豔[3]，一曲芳樽[4]。誰堪歲寒為友，伴仙姿、孤瘦雪霜痕[5]。翠竹森森抱節，蒼松落落盤根[6]。　　銅瓶水滿玉肌溫[7]。此意與誰論。漸月冷芸牕[8]，燈殘紙帳[9]，夜悄衡門[10]。傷心杜陵老眼，細看來、只似霧中昏[11]。賴有清風破鼻，少眠浮動吟魂[12]。

注解：

（1）宋子治：生卒年不詳，無考。

（2）望丹東沁北，淡流水、繞孤村：望著丹水以東沁河以北的懷州地區，淡淡的川流水源，圍繞孤立的村莊。

丹，指丹水。發源於山西高平縣北丹朱嶺，東南流經河南沁陽縣，入於沁河。

沁，指沁河，即流經河南沁陽縣的沁河。

淡流水、繞孤村，淡淡的川流水源，圍繞孤立的村莊。此句化用宋秦觀〈滿庭芳〉詞：「斜陽外，寒鴉萬點，流水繞孤村。」

（3）素豔：素淨而美麗。唐杜甫〈丁香〉詩：「細葉帶浮毛，疏花披素豔。」

（4）芳樽：精緻的酒杯，亦指美酒。《晉書‧阮籍等傳論》：「嵇阮竹林之會，劉畢芳樽之友。」

（5）誰堪歲寒為友，伴仙姿、孤瘦雪霜痕：誰能忍受霜雪，與歲寒為友，與有如仙姿般的疏梅相伴？但見霜雪覆蓋在孤瘦的梅花枝幹上。

仙姿：仙人的風姿，形容清雅秀逸的姿容。唐鄭嵎〈津陽門〉：「鳴鞭後騎躞蹀，宮妝襟袖皆仙姿。」

（6）翠竹森森抱節，蒼松落落盤根：能與梅相伴的惟有蒼松、青竹。

森森，樹木繁密貌。晉潘岳〈懷舊賦〉：「墳壘壘而接壟，柏森森以攢植。」

抱節，指竹子，以其勁直有節，故稱。宋蘇軾〈此君庵〉詩：「寄語庵前抱節君，與君到處會相親。」

落落，稀疏，零落。漢杜篤〈首陽山賦〉：「長松落落，卉木蒙蒙。」

盤根，謂樹木根株盤曲糾結。北周庾信〈至老子廟應詔〉詩：「氄毛新鵠小，盤根古樹低。」

（7）銅瓶水滿玉肌溫：銅瓶溫水使得插在瓶中的梅花覺得溫暖，更能耐得寒冷的氣溫。

玉肌：猶言玉容，指花瓣。宋蘇軾〈紅梅〉之一：「寒心未肯隨春態，酒暈無端上玉肌。」

（8）芸牕：亦作芸窗，指書齋。唐蕭項〈贈翁承贊漆林書堂〉詩：「卻對芸窗勤苦處，舉頭全是錦爲衣。」

（9）紙帳：以藤皮繭紙縫制的帳子。據明高濂《遵生八箋》卷八記載，其制法爲：「用藤皮繭紙纏於木上，以索纏緊，勒作皺紋，不用糊，以線折縫縫之。頂不用紙，以稀布爲頂，取其透氣。」宋蘇軾〈自金山放船至焦山〉詩：「困眠得就紙帳暖，飽食未厭山蔬甘。」

（10）衡門：橫木爲門，指簡陋的房屋。《詩經·陳風·衡門》：「衡門以下，可以棲遲。」朱熹集傳：「衡門，橫木爲門也。門之深者，有阿墊堂宇，此惟橫木爲之。」

（11）傷心杜陵老眼，細看來、只似霧中昏：就像杜甫的老眼，充滿了傷心之神情，仔細觀察一番，好像在一片霧中而迷濛雙眼。

杜陵，指唐杜甫。宋戴復古〈答杜子野主薄〉詩：「杜陵之後有孫子，自宋師家法度嚴。」

（12）有清風破鼻，少眠浮動吟魂：幸有清爽的涼風撲鼻，因爲少眠，因此喚醒了作詩的靈魂。

吟魂，詩人的靈魂。五代齊己〈經賈島舊居〉詩：「若有吟魂在，應隨夜魄迴。」

二十九、白樸〈秋色橫空〉　　《全金元詞》頁 641

詠梅，順天⁽¹⁾張侯毛氏⁽²⁾以太母⁽³⁾命題索賦。

搖落⁽⁴⁾初冬。愛南枝迥絕，暖氣潛通⁽⁵⁾。含章睡起宮妝褪，新妝淡淡丰容⁽⁶⁾。冰蕤⁽⁷⁾瘦，蠟蔕⁽⁸⁾融，便自有翛然林下風⁽⁹⁾。肯羨蜂喧蝶鬧，豔紫妖紅。　　何處對花興濃。向藏春池館⁽¹⁰⁾，透月簾櫳⁽¹¹⁾。一枝鄭重天涯信，腸斷驛使相逢⁽¹²⁾。關山⁽¹³⁾路。幾萬重。記昨夜筠筒⁽¹⁴⁾和淚封。料馬首幽香⁽¹⁵⁾，先到夢中。

注解：

（1）順天：元代稱爲順天路，今河北省（保定道）清苑縣。
（2）張侯毛氏：張柔毛氏夫婦。

　　張侯，張柔（公元 1190〜1268 年）字德剛，易州定興人。金末盜起，聚眾自保，興定二年降蒙古，每戰有功，闢地千里，授河北都元帥。從滅金，陞萬戶，屢敗宋師，中統二年致仕。至元五年卒，年七十九。諡武康，改諡忠武。

　　毛氏，張柔妻（公元 1198〜1259 年）北京臨清人，太祖十年歸柔。憲宗九年卒，年六十二。

（3）太母：祖母。宋陸游《老學庵筆記》卷四：「太母，祖母也，猶謂祖爲大父。熙寧元豐間稱曹太皇爲太母。元祐中，稱高太皇爲太母。皆謂帝之祖母爾。」此處稱之「太母」，蓋是金元好問繼配毛氏之家，與大名毛氏爲宗盟，故元氏與張柔有連。元張兩家之關係若此，而樸幼育於元氏，宜亦與張毛有誼，故稱爲太母也。

（4）搖落：凋殘，零落。《楚辭・九辯》：「悲哉秋之爲氣也！蕭瑟兮草木搖落而變衰。」

（5）**愛南枝迥絕，暖氣潛通**：梅花擁有超群卓絕的獨特氣質，故令
人喜愛，其散發出來的淡雅香味，蘊含著溫暖和煦的氣息。
南枝，就是指梅花，參見蔡松年〈念奴嬌〉（倦游老眼），注（12）。
迥絕，超群卓絕。《敦煌變文集·降魔變文》：「芳姿姝麗，蓋國
無雙，風範清規，古今迥絕。」
暖氣，暖和之氣。晉張華〈雜詩〉：「重衾無暖氣，挾纊如懷冰。」
潛通，暗通，私通。漢應劭《風俗通·黃霸·三皇》：「指天畫
地，神化潛通。」

（6）**含章睡起宮妝褪，新妝淡淡丰容**：化用壽陽公主梅花妝之典。
壽陽公主臥於含章檐，睡醒後有梅花留於額上，久久不去，是
爲梅花妝。新妝淡淡丰容即言梅花妝的淡雅。
含章，壽陽公主臥於含章檐下而有梅花妝。原典記載參見李俊
民〈謁金門〉（偷造化），注（2）。
宮妝，亦作宮粧、宮裝。宮中女子的妝束。唐高適〈聽張立本
女吟〉詩：「危冠廣袖楚宮粧，獨步閑庭逐夜涼。」
丰容，儀態，風度。南朝梁沈約〈少年新婚爲之咏〉：「丰容好
姿顏，便僻工言語。」

（7）**冰蕤**：白花。宋朱熹〈末利〉：「密葉低層幄，冰蕤亂玉英。」

（8）**蠟蔕**：即蠟蒂，黃蠟色的花蒂。宋周邦彥〈浣溪沙〉詞：「日射
敧紅蠟蔕香，風乾微汗粉襟涼。」
蔕，亦作蒂。花或瓜果與枝莖相連的部分。戰國楚宋玉〈高唐
賦〉：「綠葉紫裡，丹莖白蔕。」

（9）**自有脩然林下風**：此句化用宋蘇軾〈題王逸少帖〉詩：「謝家夫
人淡丰容，蕭然自有林下風。」
脩然，無拘無束貌，超脫貌。《莊子·大宗師》：「脩然而往，脩
然而來而已矣。」成玄英疏：「脩然，無係貌也。」
林下風，即林下風氣。稱頌婦女閑雅飄逸的風采。南朝宋劉義
慶《世說新語·賢媛》：「王夫人神情散朗，故有林下風氣。」

（10）池館：池苑館舍。南朝齊謝朓〈遊後園賦〉：「惠氣湛兮帷殿肅，清陰起兮池館涼。」

（11）簾櫳：亦作簾籠。窗簾和窗牖，也泛指門窗的簾子。南朝梁江淹〈雜體詩·效張華離情〉：「秋月映簾籠，懸光入丹墀。」

（12）一枝鄭重天涯信，腸斷驛使相逢：殷勤地盼望著愛人歸來，只能聊寄一枝春，以表達無限的思念之情。

一枝鄭重天涯信，此處宜指一枝春，即梅花的別名。古時多以梅花作爲傳遞書信的工具。宋黃庭堅〈劉邦直送早梅水仙花〉詩之一：「欲問江南近消息，喜君貽我一枝春。」

鄭重，殷勤切至。唐白居易〈庾順之以紫霞綺遠贈以詩答之〉：「千里故人心鄭重，一端香綺紫氛氳。」

驛使，借指梅花。《太平御覽》卷九七〇引南朝宋盛弘之《荊州記》：「陸凱與范曄友善，自江南寄梅花一枝，詣長安與曄，並贈詩曰：『折梅逢驛使，寄與隴頭人。江南無所有，聊贈一枝春。』」後因以驛使梅花表示對親友的問候及思念。

（13）關山：關隘山嶺。《樂府詩集·橫吹曲辭五·木蘭詩一》：「萬里赴戎機，關山度若飛。」前蜀牛希濟〈謁金門〉詞：「秋已暮，重疊關山歧路。」

（14）筠筒：亦作筠筩。竹筒。相傳楚人祭屈原以竹筒貯米投江。唐沈亞之〈五月六日發石頭城步望前舡示舍弟兼寄侯郎〉詩：「蒲葉吳刀綠，筠筒楚粽香。」此處則借指以竹筒盛淚，以狀爲離別而憂心至極。

（15）料馬首幽香，先到夢中：比喻思念之情濃厚。

馬首，所騎的馬。借以敬稱他人。唐戴叔倫〈奉同汴州李相公勉送郭布殿中出巡〉詩：「馬首先春至，人心比歲和。」

幽香，清淡的香氣，亦謂香氣清淡。唐溫庭筠〈東郊行〉：「綠者幽香生白蘋，差差小浪吹魚鱗。」

集評：

　　明陳霆《渚山堂詩話》（白太素天籟集）：「〈垂楊〉與〈玉耳墜金環〉二曲，唐宋以前，無聞有作，近於《天籟集》中見之。然則其所知，豈金元之際乎……〈玉耳墜金環〉云：『搖落初冬……料馬首幽香，先到夢中。』白太素云：『壬子冬，薄游順天。張侯之兄正卿邀予別拜夫人。既而留飲，命撰詞。一詠梅，以〈玉耳墜金環〉歌之。一送春，以〈垂楊〉歌之。詞成，惠以羅綺四端。夫人，大名人，能道古今，雅好賓客。自言幼時有老尼，年幾八十，嘗教以舊曲〈垂楊〉，音調至今了然。事與東坡補〈洞仙歌〉詞相類。中統建元，壽春榷場中得南方詞一編，有〈垂楊〉三首，其一乃向所傳者。然後知夫人乃承平家世之舊也。』」

　　按：依清陳廷敬主編《康熙詞譜》，〈玉耳墜金環〉即〈燭影搖紅〉，亦即〈秋色橫空〉。

三十、白樸〈清平樂〉　　《全金元詞》頁 646

　　李仁山[(1)]檻[(2)]中蟠桃梅[(3)]

　　前村瀟灑[(4)]。雪徑人回駕。一檻誰移春造化[(5)]。鬱鬱[(6)]香浮月下。　　青綾[(7)]半護冰姿。宛然[(8)]臨水開時。說與綠毛幺鳳，不妨倒掛虬枝[(9)]。

注解：

（1）李仁山：人名，生卒年不詳。

（2）檻：欄杆。《楚辭·九歌·東君》：「暾將出兮東方，照吾檻兮扶桑。」洪興祖補注：「檻，闌也。」

（3）蟠桃：桃的一種。果形扁圓，味甘美，汁不多。宋毛滂〈清平樂〉詞：「欲助我公壽骨，蟠桃等見開花。」

（4）前村瀟灑：探訪梅蹤，喜見梅花纖塵不染的姿態。
　　　前村，化用五代齊己〈早梅〉：「前村深雪裡，昨夜一枝開。」

後人多借以詠早梅。

瀟灑，灑脫不拘，超逸絕俗貌。唐李白〈王右軍〉：「右軍本清真，瀟灑在風塵。」

（5）**一檻誰移春造化**：誰將春天的梅花移來檻欄邊。

移春檻，唐陽國忠所特制的活動花檻。五代王仁裕《開元天寶遺事·移春檻》：「楊國忠子弟每春至之時，求名花異木，植於檻中，以板爲底，以木爲輪，使人牽之自轉，所至之處，檻在目前，而便即觀賞，目之爲移春檻。」

造化，創造化育。《漢書·董仲舒傳》：「今子大夫明於陰陽所以造化，習於先聖之道業，然而文采未極，豈惑虖當世之務哉？」

（6）**鬱鬱**：形容芳香濃烈。金元好問〈泛舟大明湖〉詩：「蘭襟鬱鬱散芳澤，羅襪盈盈見微步。

（7）**青綾**：指青色的有花紋的絲織物，古時貴族常用以製被服帷帳。北周庾信〈謝趙王賚王白羅袍袴啓〉：「永無黃葛之嗟，方見青綾之重。」

（ ）**冰姿**：淡雅的姿態。宋蘇軾〈木蘭花令·梅花〉：「玉骨那愁瘴霧，冰姿自有仙風。」

（8）**宛然**：彷彿，很像。南朝宋鮑照〈字謎〉詩之三：「乾之十九，隻立無隅；坤之二十六，宛然雙宿。」

（9）**說與綠毛幺鳳，不妨倒掛虯枝**：告訴綠毛幺鳳，我這兒也有美麗的梅花之景，不妨一起共賞。

綠毛幺鳳，參見〈謁金門〉（頻點檢），注（3）。

不妨，表示可以、無妨礙之意。北齊顏之推《顏氏家訓·風操》：「世人或端坐奧室，不妨言笑，盛營甘美，厚供齋實。」

虯枝，亦作虯枝。盤屈的樹枝。元吳師道〈盧山紀遊贈黃伯庸〉詩：「入門雙劍色，夾道萬虯枝。」

三十一、胡祇遹[1]〈木蘭花慢〉　　《全金元詞》頁 696

酬宋鍊師贈梅

愛清香**疎**影，問誰識，歲寒心[2]。稱月底溪橋，水邊籬落，雪後園林[3]。仙家[4]亦憐幽獨，美玉堂、溫水靜相尋[5]。寫影華光醉墨，招魂和靖清吟[6]。　　陶潛官罷杜門[7]深。門客欲誰臨。謝攜酒扶花，敲門見過，一洗塵襟[8]。揮毫徑酬雅意[9]，拚醉來、忘卻雪盈簪[10]。更結松筠高會，從渠桃李繁陰[11]。

注解：

（1）**胡祇遹**：字紹開，一作紹聞，號紫山。磁州武安（今河北武安）人。少孤，既長讀書，見知於名流。官終至江南浙西道提刑按察史。《元史》卷一七○有傳。著《紫山大全集》二十六卷。胡祇遹生卒年，張子良未載此人；唐圭璋；馬興榮等皆作 1227～1295 年。

（2）**愛清香疎影，問誰識，歲寒心**：愛梅，無論其香其影皆愛之。問有誰能識得梅花此番不畏冰雪的節操？

　　清香，清淡的香味。南朝宋謝靈運〈山居賦〉：「怨清香之難留，矜盛容之易闌。」

　　疎影，亦作疏影。宋林逋〈山園小梅〉詩二首之一：「疏影橫斜水清淺，暗香浮動月黃昏。」為詠梅名句，後人亦多承襲之，以梅花倒映在水面的影子，代指梅花。

　　歲寒心，喻堅貞不屈的節操。不僅指稱梅花具有衝寒犯雪的精神，亦借指自己的心志。唐張九齡〈感遇〉：「豈伊地氣暖？自有歲寒心。」

（3）**稱月底溪橋，水邊籬落，雪後園林**：惟獨清香疏影能了解自己的一番「歲寒然後知松柏之後凋」的節操；亦即只有在月底溪橋、水邊籬落、雪後園林這些地方能向梅花抒發自己的心志。

　　稱，述說、聲稱。《論語・陽貨》：「子貢曰：『君子亦有惡乎？』

子曰：『有惡：惡稱人之惡者、惡居下流而訕上者、惡勇而無禮者、惡果敢而窒者。』」

（4）仙家：指仙人。唐劉得仁〈題王處士山居〉：「自得仙家術，栽松獨養眞。」

（5）相尋：尋訪、找尋。唐韋瓘〈周秦行記〉：「今夜風月甚佳，偶有二女伴相尋，況又遇嘉賓，不可不成一會。」

（6）寫影華光醉墨，招魂和靖清吟：醉中爲梅花芳姿作畫，欲招同是愛梅極深的林逋之魂同來賦梅，以覓得佳句。

寫影，畫像、作畫。宋蘇軾〈傳神記〉：「傳神之難在目，顧虎頭云：『傳形寫影，都在阿睹中』其次在顴頰。」華光：光華、美麗的光采。《漢書·禮樂志》：「璧玉精，垂華光。」顏師古注：「言禮神之璧乃玉之精英，故有光華也。」

醉墨，謂醉中所作的詩畫。唐陸龜蒙〈奉和襲美醉中偶作見寄次韻〉：「憐君醉墨風流甚，幾度題詩小謝齋。」

和靖，林林逋。參見李俊民〈洞仙歌〉（隴頭瀟灑），注（7）。

（7）杜門：閉門，堵門。《史記·陳丞相世家》：「陵怒，謝疾免，杜門竟不朝請。」

（8）塵襟：世俗的胸襟。唐黃滔〈寄友人山居〉：「茫茫名利內，何以拂塵襟。」

（9）揮毫逕酬雅意：揮筆作畫，直接酬謝贈梅者此番風雅情趣。
揮毫，運筆。謂書寫或繪畫。唐杜甫〈飲中八仙歌〉：「脫帽露頂王公前，揮毫落紙如雲煙。」逕，迳，直接也。南朝宋劉義慶《世說新語·傷逝》：「（王子猷）便逕入坐靈牀上，取子敬琴彈。」

雅意，風雅的情趣。三國魏吳質〈答東阿王書〉：「然後極雅意，盡歡情。」

（10）拚醉來、忘卻雪盈簪：在聚會中拚酒，盡興而至，即使喝醉也沒關係，更不會在意雪花飄飛、天氣寒冷。

拚，捨棄、豁出去。唐杜甫〈書堂飲既夜復邀李尚書下馬月下賦絕句〉：「九拚野鶴如雙鬢，遮莫鄰雞下五更。」

簪，古人用以綰定髮髻或冠的長針。《韓非子‧內儲說上》：「周主亡玉簪，令吏求之，三日不能得也。」

（11）**更結松筠高會，從渠桃李繁陰**：這次的朋友相聚，猶如清高之士的相會；任憑春至桃李爭發，我們也不動心。

松筠高會，此處應指宋鍊師爲贈梅而來的這場聚會。

松筠，松樹和竹子。《禮記‧禮器》：「其在人也，如竹箭之有筠也，如松柏之有心也。二者居天下之大端矣，故貫四時而不改柯易葉。」后因以松筠喻節操堅貞。南朝齊王融〈奉和南海王殿下詠秋胡妻〉：「日月共爲照，松雲俱以貞。」

高會，稱與人會面的客氣話。宋范仲淹〈答趙元昊書〉：「某與大王未嘗高會，嚮者同事朝廷。」

渠，它。《三國志‧吳治‧趙達傳》：「滕如期往，至，乃陽求索書，驚言失之，云：『女婿昨來，必是渠所竊。』」

繁蔭，亦作繁陰。濃密的樹蔭。南朝梁沈約〈詠檐前竹〉：「繁蔭上蓊爾茸，促節下離離。」

三十二、魏初[1]〈木蘭花慢〉 《全金元詞》頁699

宋漢臣墨梅並序嘉譯宋公於予爲世契[2]兄，向過洛陽，吾兄適宰是郡，尊酒留連者累日，邇後訃音[3]至長安，予不勝驚悼。今年以事來京都，其弟義甫秘監會予於東溪[4]，出示嘉議墨梅橫幅，因作長短句一章，兼致區區追挽之意云。

愛筆端造化，春不盡、思無邊[5]。看詩意精神，不求顏色，物外神仙[6]。回頭水南水北，覺冰姿玉骨**却**悽然[7]。一片肝腸鐵石，三年雪月情緣。　　洛陽尊俎記留連[8]。慷慨[9]正華年。恨鞍馬[10]匆匆，長亭老樹，芳草[11]離筵[12]。西風雁來何處，忽傳將、幽恨到重泉[13]。昨日東溪再過，不堪塵滿冰絃[14]。

注解：

（1）**魏初**：字太初，號青崖，弘州順聖（今河北陽原）人。初好讀書，尤長於《春秋》，爲文簡而有法，比冠，有聲。中統元年，始立中書省，辟爲掾史，兼掌書記。未幾，以祖母老辭歸，隱居教授。後以荐授國史院編修官，拜監察御史，出僉陝西、四川按察司事。又以侍御史臺事於揚州，擢江西按察使，尋徵拜侍御史。行臺移建康，出爲中丞。《元史》卷一六四有傳。有《青崖集》六卷。魏初生卒年，張子良未作考定；唐圭璋作 1231 年～1292 年；馬興榮等作 1232 年～1292 年。

（2）**世契**：猶世交。宋范仲淹〈依韻答韓侍卿〉：「雖叨世契與鄰藩，東道瞻風御世尊。」

（3）**訃音**：報喪的消息，文告。宋韓琦〈祭少師歐陽公永叔文〉：「忽承訃音，且駭且悲，哀誠孰訴，肝膽幾墮。」

（4）**東溪**：水名。

（5）**愛筆端造化，春不盡、思無邊**：觀看欣賞嘉議兄的墨梅圖，有濃濃的春意，引起我無限的思念。

　　筆端，筆頭。鋼筆、毛筆等用以寫字、作畫的部分。亦泛指書畫詩文作品。《韓詩外傳》卷七：「是以君子避三端：避文士之筆端，避武士之鋒端，避辯士之舌端。」

　　造化，創造化育。此處應指墨梅圖上所呈現的運筆、構圖變化《漢書・董仲舒傳》：「今子大夫明於陰陽所以造化，習於先聖之道業，然而文采未極，豈惑虖當世之務哉？」

（6）**看詩意精神，不求顏色，物外神仙**：看畫中詩意的精神內涵，所表達的是不求風光偉業，只願當個超脫世俗的神仙。

　　顏色，面子，光彩。三國魏曹植〈豔歌〉：「長者賜顏色，泰山可動移。」

　　精神，猶實質、要旨。事物的精微所在。宋王安石〈讀史〉：「糟粕所傳非粹美，丹青難寫是精神。」

物外，世外。謂超脫於塵世之外。漢張衡〈歸田賦〉：「苟縱心於物外，安知榮辱之所如！」

（7）**回頭水南水北，覺冰姿玉骨却悽然**：由詩、畫回想起嘉議兄欲效法水南山人與水北山人於山林隱逸，具有如同梅花冰姿玉骨般高潔的精神，只可惜如今人已不在，徒增淒涼悲傷之感。

回頭，回顧，回想。宋蘇軾〈至濟南李公擇以詩相迎次其韻〉：「夜擁笙歌水雪濱，回頭樂事總成塵。」

水南，水南山人；指唐溫造。造隱居洛水之南，砥礪名節，烏重胤辟陽幕。累官至禮部尚書。唐韓愈〈寄盧仝〉：「水南山人又繼往，鞍馬僕從寒闒裏。」亦簡稱水南。

水北，唐石洪的別稱。石洪曾隱居十餘年，后仍出仕。唐韓愈〈寄盧仝〉：「水北山人得名聲，去年去作幕下士。」

冰姿玉骨，唐莫休符《桂林風土記》：「袁豐之宅後有梅六株，開時曾為鄰屋煙氣所煉。乃圍泥塞灶，張幕蔽風。久而又拆其屋，曰：『冰姿玉骨，世外佳人，但恨無傾城之笑耳。』」袁豐詠梅有「冰姿玉骨」語，宋詞中常用此典詠梅花。宋蘇軾〈西江月〉梅花：「玉骨那愁瘴霧，冰姿自有仙風。」

悽然，淒涼悲傷貌。《莊子・漁父》：「客悽然變容曰：『甚矣子之難悟也。』」

（8）**洛陽尊俎記留連**：在洛陽的那場宴席，至今仍留連難忘。

尊俎，古代盛酒肉的器皿，享宴時所用之，引申為宴席。尊，盛酒器；俎，置肉之几。《禮記・樂記》：「鋪筵席，陳尊俎，列籩豆。」宋王安石〈送吳顯道南歸〉：「天際張帷列尊俎，君歌聲酸辭且苦。」

留連，留戀不捨。三國魏曹丕〈燕歌行〉之二：「飛鳥晨鳴聲可憐，留連顧懷不自存。」

（9）**慷慨**：感嘆。〈古詩十九首・西北有高樓〉：「一彈再三嘆，慷慨有餘哀。」

（10）**鞍馬**：指戰旅生涯。唐元稹〈唐故工部員外郎杜君墓系銘〉：「曹氏父子鞍馬間爲文，往往橫槊賦詩。」

（11）**芳草**：比喻忠貞或賢德之人。《楚辭・離騷》：「何昔日之芳草兮，今直爲此蕭艾。」

（12）**離筵**：餞別的宴席。唐杜甫〈奉送蘇州李二十五長史丈之任〉：「客問頭最白，惆悵此離筵。」

（13）**重泉**：猶九泉。舊指死者所歸。南朝梁江淹《雜體詩・效潘岳〈悼亡〉》：「美人歸重泉，悽愴無終畢。」

（14）**冰絃**：亦作冰弦，琴弦的美稱。傳說中用冰蠶絲作的琴絃。宋蘇軾〈減字木蘭花〉：「玉指冰絃。未動宮商意已傳。」

三十三、魏初〈太常引〉　　《全金元詞》頁 706

黨氏園亭紅梅，次徐子方[(1)]韻

亭亭清瘦阿誰鄰[(2)]。合占了、百花春[(3)]。蜂蝶漫成塵。只山月、澹煙最親[(4)]。　　舊家窗戶，精神好在，紅簇麝香新[(5)]。有酒到吾脣。更拚作、花邊醉人[(6)]。

注解：

（1）**徐子方**：徐琰，號容齋，又號養齋、汶叟，東平人。至元初以薦爲陝西行省郎中，歷中書左司郎中，二十三年拜湖南按察使，二十五年改南臺中丞，二十八年除江浙參政，三十一年遷浙西廉訪使，大德二年入爲翰林學士承旨，五年卒。諡文獻（一作文貞）。琰人物偉岸，襟度寬洪，有文學重望，東南人士多與之游。

（2）**亭亭清瘦阿誰鄰**：亭亭，高聳貌。此句係形容園庭紅梅枝幹的高聳。晉傅玄〈短歌行〉：「長安高城，層樓亭亭。」
清瘦，瘦的婉辭，謂消瘦。五代鍾福〈卜算子慢〉：「寫別來，容顏寄與，使知人清瘦。」

阿誰，疑問代詞，猶言誰，何人。《樂府詩集・橫吹曲辭五・紫騮馬歌辭》：「道逢鄉里人，家中有阿誰？」

（3）**合占了、百花春**：梅花最先在百花綻放之前，占有春天姿色。
占，據有，占有。唐羅隱〈蜂〉：「不論平地與山尖，無限風流盡被占。」

（4）**只山月、澹煙最親**：蜂蝶成群地圍繞在梅花花叢，梅花卻不願與之爲伍，只與山月、澹煙最親近。此句應是藉以表達自己的心志，不願與碌碌庸才相親。
澹煙：淡淡山靄。
澹，淡薄、不濃厚。《呂氏春秋・本味》：「辛而不烈，澹而不薄。」

（5）**舊家窗戶，精神好在，紅簇麝香新**：紅梅花開，花團錦簇，陣陣花香，頗具生氣，爲舊家園林景致帶來一片欣欣向榮之態。
精神，形容人或物有生氣。宋范成大〈再題瓶中梅花〉：「風袂挽香雖淡薄，月窗橫影已精神。」
麝香，指麝香，雄麝臍部香腺中的分泌物，乾燥後呈顆粒狀或塊狀，作香料或藥用。亦泛指香氣。前蜀李珣〈臨江仙〉：「鶯報簾前煖日紅，玉爐殘麝猶濃。」

（6）**有酒到吾脣。更拚作、花邊醉人**：花下飲酒，何不盡情開懷，即使拚得酒醉也無妨。
拚：捨棄、豁出去。唐杜甫〈書堂飲既夜復邀李尚書下馬月下賦絕句〉：「九拚野鶴如雙鬢，遮莫鄰雞下五更。」

三十四、張之翰[(1)]〈江城子〉　　《全金元詞》頁 708

瓶梅

隔簾風動玉娉婷[(2)]。見來曾。眼偏明[(3)]。手揀芳枝，自插古銅瓶。六載烏臺饑欲倒，猶為汝，未忘情[(4)]。　　幽姿芳意正盈盈[(5)]。可憐生。欲卿卿[(6)]。更取青松為友竹為朋。今夜黃昏新月底，還卻怕，太孤清。

注解：

（1）**張之翰**：字周卿，晚號西岩老人。邯鄲（今屬河北）人。至元十三年（1276 年）除眞定路知事，歷監察御史，戶部郎中，翰林侍講學士，有古循吏風。著有《西岩集》二十卷。張之翰生卒年，張子良未作考定；唐圭璋未作考定；馬興榮等作 1243 年～1296 年。

（2）**隔簾風動玉娉婷**：隔簾看著屋外被風吹拂的梅花，亭亭玉立，展現美好姿態。

玉娉婷，形容像玉一樣的美好。宋趙以夫〈芙蓉月〉：「雲縹緲，玉娉婷，隱隱彩鸞飛舞。」娉婷，姿態美好。漢辛延年〈羽林郎〉：「不意金吳子，娉婷過我盧。」

（3）**眼偏明**：眼力好，看得清楚。唐白居易〈初除尚書郎脫刺使緋〉：「頭白喜拋黃草峽，眼明驚坼紫泥書。」

（4）**六載烏臺饑欲倒，猶爲汝，未忘情**：六年的御史生涯，即使生活貧困，苦不得志，仍對梅花未曾忘情。此句應是暗指自己雖窮途潦倒，卻具有如同梅花般的品格高潔，因此看到梅花，就彷彿知音者給予安慰。

烏臺，指御史臺。唐姚合〈和門下李相餞西蜀相公〉：「烏臺情已洽，鳳閣分彌濃。」

（5）**幽姿芳意正盈盈**：瓶梅的幽雅姿態使得屋舍裏散佈著滿滿春意。

幽姿，幽雅的姿態。南朝宋謝靈運〈登池上樓〉：「潛虯媚幽姿，飛鴻響遠音。」

盈盈，布滿。漢張衡〈東京賦〉：「聲教布濩，盈溢天區。」

芳意：指春意。唐徐彥伯〈同書舍人元旦早朝〉：「相問韶光歇，彌意芳意濃。」

（6）**卿卿**：卿卿兩字連用，作爲相互親眤之稱。唐李賀〈休洗紅〉：「卿卿騁少年，昨日殷橋見。」

三十五、張之翰〈太常引〉　　《全金元詞》頁 720

紅梅[1]

幽香拍塞滿比鄰[2]。問開到、幾層春。謝絕蝶蜂羣。祇么鳳、和渠意親[3]。　　醉紅肌骨，豔紅妝束，能有許時新。也待不搖唇[4]。忍孤負、風流玉人[5]。

注解：

（1）**紅梅**：宋范成大《梅譜》：「紅梅，粉紅色。標格猶是梅，而繁密則如杏，香亦類杏。詩人有『北人全未識，渾作杏花看。』之句。與江梅同開，紅白相映，園林初春絕景也。梅聖俞詩云：『認桃無綠葉，辨杏有青枝。』當時以爲著題。東坡詩云：「詩老不知梅格在，更看綠葉與青枝。」蓋謂其不韻，爲紅梅解嘲云。承平時，此花獨盛於姑蘇，晏元獻公始移植西岡圃中。一日，貴游賂園吏，得一枝分接，由是都下有二本。嘗與客飲花下，賦詩云：「若更開遲三二月，北人應作杏花看。」客曰：「公詩固佳，待北俗何淺耶！」晏笑曰：「傖父安得不然。」王琪君玉，時守吳郡，聞盜花種事，以詩遣公，曰：「館娃宮北發精神，粉瘦瓊寒露蕊新。園吏無端偷折去，鳳城從此有雙身。」當時罕得如此。比年展轉移接，殆不可勝數矣。世傳吳下紅梅詩甚多，惟方子通一篇絕唱，有『紫府與丹來換骨，春風吹酒上凝脂。』之句。」

（2）**幽香拍塞滿比鄰**：紅梅清淡香氣充滿著鄰近地方。

幽香，清淡的香氣。亦謂香氣清淡。唐溫庭筠〈東郊行〉：「綠渚幽香生白蘋，差差小浪吹魚鱗。」

拍塞，充滿、充斥。宋歐陽澈〈小重山〉：「懵騰醉眼不禁秋，追舊事，拍塞一懷愁。」

比鄰，晉陶潛〈雜詩〉之一：「得歡當作樂，斗酒聚比鄰。」

（3）**祇么鳳、和渠意親**：梅花不願與蜂蝶爲伍，只願探花使么鳳能爲之而來，與牠的情意最爲親密。

么鳳，參見〈謁金門〉（頻點檢），注（3）。

渠，它。《三國志・吳治・趙達傳》：「滕如期往，至，乃陽求索書，驚言失之，云：『女婿昨來，必是渠所竊。』」

意，意味，情趣。南朝梁江淹〈臥疾怨別長史〉：「始懷未及嘆，春意秋方驚。」

親，親近，親密。《易・乾》：「本乎天者親上，本乎地者親下，則各從其類也。」

（4）也待不搖唇：不必多廢唇舌，梅花靜靜等待知音人共賞。

　　搖唇，形容利用口才進行煽動或游說。亦泛指多言，賣弄口才。《莊子・盜跖》：「搖唇鼓舌，擅生是非，以迷天下之主。」

（5）忍孤負、風流玉人：雖言捨得孤負這位梅花美人，其實是不捨得也。

　　忍，捨得。

　　孤負，違背，對不住。舊題漢李陵〈答蘇武書〉：「功大罪小，不蒙明察，孤負陵心。」

　　風流，參見蔡松年〈點絳脣〉（半幅生綃），注（1）。

　　玉人，容貌美麗的人。《晉書・衛玠傳》：「（玠）年五歲，風神秀異……總角乘羊車入市，見者皆以爲玉人，觀之者傾都。」後多用以稱美麗的女子。

三十六、張之翰〈太常引〉　　《全金元詞》頁 720

紅梅

兩株如玉瘦相鄰。儘紅複、抱芳春。看到不同羣。比問白尋黃更新[1]。　　出塵態度，倚風標格，消得一詞新[2]。誰解按歌唇。教唱與、青崖故人[3]。

注解：

（1）看到不同羣。比問白尋黃更新：看到不同於其它梅花品種的紅

梅，比探尋白梅、黃梅覺得更爲新奇。

（2）**出塵態度，倚風標格，消得一詞新**：紅梅與眾不同、超脫世俗的姿態與倚風而立、不畏霜雪的獨特風範，足以讓我爲她賦首新詞。

出塵，超出世俗。

標格，風範、風度。前蜀韋莊〈題安定張使君〉：「器度風標合出塵，桂宮何負一枝新。」

消得，值得，配得。宋辛棄疾〈西江月〉用韻和李兼濟提舉：「瓊瑰千字已盈懷，消得津頭一醉。」

（3）**誰解按歌唇。教唱與、青崖故人**：誰能將我所作的新詞按樂歌唱？不如教唱給故人好友魏初。

按歌，按樂而歌。前蜀花蕊夫人〈宮詞〉之十：「夜夜月明花樹底，傍池長有按歌聲。」

青崖故人，指魏初。唐圭璋《全金元詞》於此闋詞結束，有一案語：「此和魏初詞作見青崖詞。」魏初，字太初，號青崖，詞集《青崖集》。與姜彧同從元好問游，詩文具有淵源。與耶律鑄、張之翰諸人交好。

三十七、張之翰〈賀新郎〉　　《全金元詞》頁 721

余家古瓶蠟梅忽開，清香可愛，質之范石湖梅譜，乃宿[1]葉而佳者也。且云，素題難詠，山谷簡齋但作小詩而已，在簡齋餘作且勿論，偶不及東坡長句，何耶。因以樂府賀新郎見意。

不受鉛朱污。問嬌黃、當初著甚，染成如許[2]。便做采從真蠟國[3]，特地朝勻暮注。也無此、宮妝風度[4]。長記方壺春半貯，只蕭然、儘慰人情苦[5]。誰更望、暗香[6]吐。　　爲渠細檢梅花譜。以芳馨與梅相近，故梅名汝。底是石湖堪怪處，說到涪翁曾賦[7]。還忘卻、東坡佳句[8]。從被二仙題評了，到而今、傲然吟詩似。吾試與，下斯語。

注解：

（1）宿：多年生的、隔年生的。

（2）不受鉛朱污。問嬌黃、當初著甚，染成如許：試問不愛好鉛朱
的蠟梅如何染得如此顏色？

鉛，指鉛粉，古代婦女的化妝品。宋孫光憲〈臨江仙〉：「薄鉛
殘黛稱花冠。含情無語，延佇倚闌干。」嬌黃，嬌額塗黃，古
代宮中婦女以黃色塗額作為妝飾。王安石〈與徽之同賦得香字〉
三首之一：「漢宮嬌額半塗黃，粉色凌寒透薄妝。」

著甚，憑什麼、用什麼。宋蘇軾〈滿庭芳〉：「蝸角虛名，蠅頭
微利，算來著甚乾忙。」

（3）眞蠟國：中國古籍中用以稱七至十七世紀吉蔑王國，位於今柬
埔寨。其名始見《隋書》。自唐武德以后屢與中國通使。宋元時
期中國商人頗有在其地安家經商者。元人周達觀撰《眞臘風土
記》，是研究眞蠟古史的重要參考資料。唐韓愈〈送鄭尚書序〉：
「其海外雜國，若耽浮羅、流求毛人、夷亶之州，林邑、扶南、
眞臘，於陀利之屬，東南際天地以萬數。」之所以言及眞蠟國，
應與蠟梅之「蠟」字相和。

（4）特地朝勻暮注。也無此、宮妝風度：即使特地妝扮，也無法比
得上蠟梅此番氣質風度。

宮妝，亦作宮粧、宮裝。宮中女子的妝束。唐高適〈聽張立本
女吟〉詩：「危冠廣袖楚宮粧，獨步閑庭逐夜涼。」

風度，指人的言談舉止和儀態。《後漢書・竇融傳論》：「嘗獨詳
味此子之風度，雖經國之術無足多談，而進退之禮良可言矣。」

（5）長記方壺春半貯，只蕭然、儘慰人情苦：常記得方壺中半貯蠟
梅，只見風姿瀟灑，就足以安慰生活中所面對的人情甘苦。方
壺，腹圓口方的壺，古代禮器的一種。《儀禮・燕禮》：「司空尊
於東楹之西，兩方壺。」

貯，盛，把東西放在器具裡。唐李頎〈送陳章甫〉：「腹中書一

萬卷，不肯低頭在草莽。」

蕭然，蕭灑；悠閒。唐杜甫〈劉九法曹鄭瑕丘石門宴集〉：「秋水清無底，蕭然靜人心。」

人情，人與人之間的情分。唐韓愈〈懸齊有懷〉：「人情忌殊異，世路多權詐。」

（6）**暗香**：宋林逋〈山園小梅〉詩二首之一：「疏影橫斜水清淺，暗香浮動月黃昏。」暗香所指者即梅花所散發的淡淡香氣。

（7）**爲渠細檢梅花譜。以芳馨與梅相近，故梅名汝。底是石湖堪怪處，說到涪翁曾賦**：所言者即爲宋范成大《梅譜》對蠟梅所敘。宋范成大《梅譜》：「蠟梅，本非梅類。以其與梅同時，香又相近，色酷似蜜脾，故名蠟梅。凡三種，以子種出，不經接，花小，香淡，其品最下，俗謂之狗蠅梅。經接，花疏，雖盛開，花常半含，名磬口梅，言似僧磬之口也。最先開，色深黃，如紫檀，花密香穠，名檀香梅，此品最佳。蠟梅香極清芳，殆過梅香，初不以形狀貴也，故難題詠。山谷、簡齋但作五言小詩而已。此花多宿葉，結實如垂鈴，尖長寸餘，又如大桃奴，子在其中。」按：黃庭堅五言詠蠟梅詩，如〈戲詠蠟梅〉之一：「金蓓鎖春寒，惱人香未展。雖無桃李顏，風味極不淺。」〈戲詠蠟梅〉之二：「體薰山麝臍，色染薔薇露。披拂不滿襟，時有暗香度。」陳與義詠蠟梅的五言詩如〈蠟梅四絕句〉，茲舉二首爲例：「花房小如許，銅剪黃金塗。中有萬斛香，與君細細輸。」「來從底處所，黃露滿衣濕。緣憨翻得憐，亭亭倚風立。」然宋范成大《梅譜》所言山谷、簡齋但作五言小詩而已，實有錯誤。查《全宋詩》，黃庭堅詠蠟梅者亦有七言詩，如〈蠟梅〉：「天工戲剪百花房，奪盡人工更有香。埋玉地中成古物，折成鏡裏憶新妝。」陳與義亦有詠蠟梅之七言詩，如〈蠟梅〉：「智瓊額黃且勿誇，回眼視此風前葩。家家融蠟作杏蒂，歲歲逢梅是蠟花。世間真僞非兩法，映日細看真是蠟。我今嚼蠟已甘腴，況此有

味蠟不如。只愁繁相欺定力，薰我欲醉須人扶。不辭花前醉倒臥經月，是酒是香君試別。」

(8) **還忘卻、東坡佳句**：東坡有不少詠梅詩，詠蠟梅者如〈蠟梅一首贈趙景貺〉、〈和陳憲車蠟梅〉等。茲舉〈和陳憲車蠟梅〉為例：「黃宮暖律暗相催，臘後春前見蠟梅。青帝不知無蝶至，黃花先賞有蜂來。風飄嫩蕊添鸞羽，雪駕寒香入酒杯。盡道此花居第一，如何更有百花開。」

三十八、盧摯[1]〈蝶戀花〉　　《全金元詞》頁726

春正月八日，借榻劉氏樓居，翌日早起，賦瓶中紅梅，以蝶戀花歌之

　　冰褪鉛華臨雪徑。竹外清溪，拂曉開妝鏡[2]。銀燭銅壺[3]斜照影。小樓遮斷江雲冷。　　香透羅帷春睡醒[4]。如許才情[5]，肯到枯枝杏。客子新聲誰聽瑩[6]。孤山快喚林和靖[7]。

注解：

(1) **盧摯**：字處道，一字莘老，大都涿州（今河北涿縣）人。至元中以能文薦累遷河南路總管。大德初，授集賢學士，出為江東道廉訪使，復入為學士，遷承旨。元初能文者曰姚盧，即姚燧及盧摯也，古今體詩則以盧摯與劉因為首。著有《疏齋集》。傳見《新元史》卷二三七。盧摯生卒年，張子良作1235年～1300年；唐圭璋作1235年～1300年；馬興榮等舉出四說，或說約1243年～1315年；或說1235年～1300年；或說1249年～1314或1315年。

(2) **拂曉開妝鏡**：天將明時，看到瓶中紅梅綻放，彷彿紅梅在為自己打扮。暗用壽陽公主梅花妝之典。原典記載參見李俊民〈謁金門〉（偷造化），注（2）。

　　拂曉，接近天明的時候。唐長孫佐輔〈關山月〉：「拂曉朔風悲，

蓬驚雁不飛。」

（3）銀燭銅壺：**銀燭**，謂明燭也。韓愈〈酒中留上襄陽李相公〉：「銀
　　燭未消窗送曙，金釵半醉座添春。」

　　銅壺，古代銅制壺形的記時器。唐顧況〈宮詞〉：「禁柳煙中聞
　　曉鳥，風吹玉漏盡銅壺。」

（4）香透羅帷春睡醒：以醒字巧妙地形容紅梅帶來一枝春色。紅梅
　　綻放彷彿美人睡醒般。

　　羅帷，羅帳。宋辛棄疾〈祝英臺令〉：「羅帳燈黃，嗚咽夢中語。」

（5）才情：才思、才華。南朝宋劉義慶《世說新語・賞譽》：「許玄
　　度送母始出都，人問劉尹：『玄度定稱所聞否？』劉曰：『才情
　　過於所聞。』」

（6）客子新聲誰聽瑩：**客子**，離家在外的人。漢王粲〈懷德〉：「鶤
　　鶬在幽草，客子淚已零。」

　　新聲，新作的樂曲，新穎美妙的樂音。晉陶潛〈諸人共遊周家
　　墓柏下〉：「清歌散新聲，綠酒開芳顏。」

　　瑩，使明白，漢揚雄《太玄・攤》：「曉天下之瞶瞶、瑩天下之
　　晦晦者，其唯玄乎。」

（7）林和靖：林逋。參見李俊民〈洞仙歌〉（隴頭瀟灑），注（7）。

三十九、盧摯〈天仙子〉　　《全金元詞》頁726

　　用韻和趙平原折贈黃香梅作，並序致政⁽¹⁾宣慰平遠趙公園
館，黃香梅⁽²⁾始華，折枝走伻⁽³⁾，乃賦樂府〈天仙子〉，藉以
見餉⁽⁴⁾，用韻和之，聊答盛意。

　　半額淡粧鸞影翠⁽⁵⁾。約略玉人新病起⁽⁶⁾。碧彝金雀暗香來，
凭竹几⁽⁷⁾。薰沉水⁽⁸⁾。詩在靜華春夢⁽⁹⁾裡。羞澀蠟痕無意味。
儘縱絳英爭嫵媚⁽¹⁰⁾。中州風韻到南枝⁽¹¹⁾，歸穎計。紉蘭佩⁽¹²⁾。
日暮對花愁欲醉。

注解：

（1）**致政**：猶致仕。指官吏將執政的權柄歸還給君主。《禮記·王制》：「五十而爵，六十不親學，七十致仕。」鄭玄注：「還君事。」

（2）**黃香梅**：宋范成大《梅譜》：「百葉緗梅，亦名黃香梅。亦名千葉香梅。花葉至二十餘瓣，心色微黃，花頭差小而繁密，別有一種芳香。比常梅尤穠美，不結實。」

（3）**見餉**：見，用在動詞前面，以表示謙抑、客套。
餉，贈送，唐白居易〈繡婦歌〉：「連枝花樣繡羅襦，本擬新年餉小姑。」

（4）**走伻**：派遣僕從。

（5）**半額淡粧鸞影翠**：此處將梅擬人化。梅花美人雖只有淡淡額黃妝扮，卻已經令人覺得鮮明，引人注意。
半額，寬邊額之一半。後漢書》卷二四〈馬援傳〉附〈馬廖傳〉：「長安語曰：「城中好廣眉，四方且半額。」
鸞影，比喻女子身影。。唐顧況〈晉公魏國夫人柳氏挽歌〉：「魚軒海上遙，鸞影月中銷。」
翠，鮮明貌。宋蘇軾〈和述古多日牡丹〉之一：「一朵妖紅翠欲流，春光回照雪霜羞。」

（6）**約略玉人新病起**：彷彿美人剛剛病愈，而有朝氣。
約略，彷彿之意。玉人，容貌美麗的人。《晉書·衛玠傳》：「（玠）年五歲，風神秀異……總角乘羊車入市，見者皆以爲玉人，觀之者傾都。」后多用以稱美麗的女子。
新，副詞，新近，剛剛。《韓非子·說林》：「魯季孫新弒其君，吳起仕焉。」
病起，病愈。宋蘇舜欽〈病起〉：「吳天搖落奈愁何，並起風前白髮多。」

（7）**碧蠡金雀暗香來，凭竹几**：依靠著竹几上，有美酒、梅花相伴，有美女侍候。

碧彝，酒器。彝，宗廟常用之器也。酒器類。《爾雅・釋器》：「彝、卣，罍器也。」

金雀，釵名。婦女首飾。晉陸機〈日出東南隅行〉：「金雀垂藻翹，瓊珮解瑤璠。」

凭，同憑。依著、靠著。唐白居易〈寄湘靈〉：「遙知別後西樓上，應凭欄干獨自愁。」

竹几，古代消暑用具。又稱青奴、竹奴。編青竹為長籠，或取整段中間通空，四周開洞以通風，暑時置床席間。唐時名竹夾膝，至宋時始稱竹夫人。唐白居易〈閑居〉：「綿袍擁兩膝，竹几支雙臂。」

（8）沉水：亦作沈水。晉嵇含《南方草木狀・蜜香沉香》：「此八物同出於一樹也……木心與節堅黑，沈水者為沈香。與水面平者為雞骨香。」后因沈水借指沈香。唐羅隱〈香〉：「沉水良才食柏珍，博山煙煖玉樓春。」

（9）春夢：春天的夢，美好的夢。宋王安石〈與徽之同賦梅花〉：「好借月魂來映燭，恐隨春夢去飛揚。」

（10）**羞澀蠟痕無意味。儘縱絳英爭嫵媚**：羞澀蠟梅無意與其他的花爭奇鬥豔，任她們去展現嫵媚之姿。

羞澀，難為情，情態不自然。唐韓偓〈無題〉：「羞澀佯牽伴，嬌嬈欲泥人。」

絳英，紅花。唐李商隱〈五言述德抒情〉：「移席牽綑蔓，迴橈撲絳英。」

嫵媚，亦作娬媚。姿容美好，可愛。唐趙鸞鸞〈柳眉〉：「嫵媚不煩螺子黛，春山畫出自精神。」

（11）**中州風韻到南枝**：古豫州（今河南省一帶）地處九州中，稱為中州。

風韻，參見蔡松年〈點絳脣〉（半幅生綃），注（1）。

南枝，參見蔡松年〈念奴嬌〉（倦游老眼），注（12）。

（12）**紉蘭佩**：〈離騷〉：「扈江離與辟芷兮，紉秋蘭以爲佩。」後以紉蘭比喻人品高潔。屈原藉以表達自己的德與能，宋詞中常用以表達品質高潔。

四十、盧摯〈梅花引〉　　《全金元詞》頁 726

和趙平原催梅

綠華縹緲玉無痕[1]。托清塵[2]。擬招魂[3]。放著籃輿[4]，懶倦到前村。笑撫高齋新樹子[5]，晚妝未，悠悠學夢雲[6]。　　竟日含情何所似，似佳人。望夫君[7]。寒香細月空江上，會有春溫。羞澀冰蕤[8]，寂寞掩重門[9]。交下[10]橫枝[11]消息動，肯虛負，風流[12]竹外尊。

注解：

（1）**綠華縹緲玉無痕**：綠華仙子於隱約縹緲之處，潔白無痕。綠華，萼綠華仙子。參見李獻能〈江梅引〉（漢宮嬌額倦塗黃），注（2）。縹緲，高遠隱約貌。木華〈海賦〉：「羣仙縹緲，餐玉清涯。」李善注：「縹緲，遠視之貌。」

（2）**托清塵**：綠華仙子就身處於不受塵染之地。
托，依靠、寄託。唐元稹〈鶯鶯傳〉：「旅寓惶駭，不知所托。」
清塵，比喻清靜無爲的境界；清高的遺風；高尚的品質。南朝宋謝靈運〈述祖德詩〉之二：「苕苕歷千載，遙遙播清塵。」

（3）**招魂**：一歲再開的梅花，稱之爲返魂香，故此處言招魂，係期盼梅花再開。宋蘇軾〈花落復次前韻〉：「玉妃謫墮煙雨村，先生作詩與招魂。」再者，擬招魂也是化用《楚辭·招魂》之典，欲仿效屈原寫〈招魂〉一文，以招梅花之魂，再現芳姿。

（4）**籃輿**：供人乘坐的交通工具，形制不一，一般以人力抬著行走，類似後世的轎子。

（5）**笑撫高齋新樹子**：高齋，高雅的書齋，常用作對他人屋舍的敬稱。

　　樹子，即樹。《晉書‧孫綽傳》：「（綽）所居齋前種一株松，，恒自守護，鄰人謂之曰：『樹子非不楚楚可憐，但恐無棟樑日耳。』」

（6）**悠悠學夢雲**：萼綠仙子如巫山之女遙不可測。

　　悠悠，遼闊無際，遙遠。晉陶潛〈飲酒〉之十九：「世路闊悠悠，楊朱所以止。」

　　夢雲，戰國楚宋玉〈高唐賦〉：「昔者先王嘗遊高唐，怠而晝寢，夢見一婦人，曰：『妾，巫山之女也，為高唐之客，聞君遊高唐，願薦枕席。』王因幸之。去而辭曰：『妾在巫山之陽，高丘之阻，旦為朝雲，暮為行雨，朝朝暮暮，陽臺之下。』旦朝視之，如言，故為立廟，號曰朝雲。」后因以夢雲指美女。

（7）**竟日含情何所似，似佳人。望夫君**：我等待梅花綻放，就如同含情脈脈的佳人，在等待夫君。

　　竟日，終日，整日。宋歐陽修〈桃源憶故人〉：「眉上萬重新恨，竟日無人問。」

（8）**冰蕤**：白花。宋朱熹〈末利〉：「密葉低層幄，冰蕤亂玉英。」

（9）**重門**：屋內的門。宋張元幹〈怨王孫〉：「紅潮醉臉，半掩花底重門。」

（10）**交下**，俱下，齊下。《楚辭‧九辨》：「霜露慘悽而交下兮，心尚幸其弗濟。」

（11）**橫枝**：形容梅花枝幹交叉錯縱之樣。或指梅花的一種。宋姜夔〈卜算子〉梅花八詠：「綠萼更橫枝，多少梅花樣。」夏承燾等校：「綠萼，橫枝，皆梅的別種。」

（12）**風流**：參見張之翰〈太常引〉（幽香拍塞滿比鄰），注（5）。

四十一、張弘範⁽¹⁾〈點絳脣〉　　《全金元詞》頁 730

賦梅

春日前村，一枝春徹江頭路⁽²⁾。月明風度⁽³⁾。清煞西湖句⁽⁴⁾。　　昨夜幽歡，夢裏誰呼去。愁如許。覺來無語。青鳥啼芳樹⁽⁵⁾。

注解：

（1）張弘範：字仲疇，易州定興（今河北定興）人。至元十一年（1275年），隨丞相伯顏伐宋，為前鋒。積功升蒙古漢軍都元帥，南取閩廣，俘文天祥於海豐五坡嶺。十六年，破宋師於崖山（今廣東新會南）。宋因以亡。《元史》卷一五六有傳。著有《淮陽集》一卷，附錄《詩餘》一卷。張弘範生卒年，張子良；唐圭璋；馬興榮等皆作 1238 年～1280 年

（2）春日前村，一枝春徹江頭路：化用五代齊己〈早梅〉：「前村深雪裡，昨夜一枝開。」以描寫早梅初綻帶來清幽芳香。

（3）風度：風吹拂過。南朝梁王僧孺〈中寺碑〉：「日流閃爍，風度清鏘。」

（4）清煞西湖句：西湖處士林逋深深地被梅花所綻放的這股清香所吸引著，留下不少賦梅詩句。煞，副詞，極、甚。

（5）昨夜幽歡，夢裏誰呼去。愁如許。覺來無語。青鳥啼芳樹：化用羅浮夢之事。相關注解，參見李俊民〈洞仙歌〉（隴頭瀟灑），注（6）。

四十二、姚燧⁽¹⁾〈木蘭花〉　　《全金元詞》頁 736

劉子善得長德壽梅圖，持歸鎮江，壽其父梅軒

壽梅紙本⁽²⁾傳常武⁽³⁾。遠壽梅軒歸北固⁽⁴⁾。愛梅無有似君貪，東極吳中西盡楚。　　黃昏清淺孤山路⁽⁵⁾。能對春風旬日許。不如滿歲畫中看，冷蕊疏枝常照戶。⁽⁶⁾

注解：

（1）**姚燧**：字端甫，號牧庵。洛陽（今河南洛陽）人。燧之學，有
　　得於許衡，由窮理致知，反躬實踐，爲世名儒。官至翰林學士
　　承旨，知制誥，兼修國史。《元史》卷一七四有傳。著《牧庵集》
　　三十六卷。姚燧生卒年，張子良作 1238 年～1313 年；唐圭璋
　　作 1239 年～1314 年；馬興融等作 1238 年～1313 年。

（2）**紙本**：以紙爲底的字畫。有別於絹本。宋梅堯臣〈雷逸老以仿
　　石鼓文見遺〉：「惟閱元和韓侍郎，始得紙本歌且詳。」

（3）**常武**：《詩・大雅》篇名。詠周宣王親自率師伐徐（淮北之夷）
　　事。《詩・大雅・常武序》：「〈常武〉，召穆公美宣王也，有常德
　　以立武事。」或謂「常武」是以樂名詩，武王克商樂曰〈大武〉，
　　宣王中興詩曰〈常武〉。后因以謂帝王命師征伐。

（4）**北固**：山名。固，也寫作顧。在今江蘇省鎮江市東北。在南、
　　中、北三峰。北峰三面臨江，形態險要，故稱北固。南朝梁武
　　帝曾登此山，謂可爲京口壯觀，改曰北顧。

（5）**黃昏清淺孤山路**：化用林逋隱居孤山與〈山園小梅〉詩。參見
　　李俊民〈洞仙歌〉（隴頭瀟灑），注（7）。

（6）**不如滿歲畫中看，冷蕊疏枝常照戶**：大自然中的梅花最終依舊
　　凋謝，不如梅花圖中的梅花，整年都可以看到冷蕊疏枝之樣。
　　滿歲，一年，整年。漢王充《論衡・氣壽》：「物有爲實，枯
　　死而墮，人有爲兒，天命而傷。使實不枯，亦至滿歲，使兒
　　不傷，亦至百年。」唐杜甫〈樹間〉：「滿歲如松碧，同時待
　　菊黃。」
　　冷蕊疏枝，冷蕊，寒天的花。多指梅花。
　　疏枝，形容梅花枝幹疏疏落落之樣。唐杜甫舍弟觀赴蘭田取
　　妻子到江陵喜寄三首〉之二：「巡檐索共梅花笑，冷蕊疏枝半
　　不禁。」

四十三、姚燧〈洞仙歌〉　　《全金元詞》頁 738

對梅

疏枝冷蕊[1]，臘前時初破。年後纔多玉妃墮[2]。問梅軒白髮，寂對空株，期三百六十，誰同幽坐[3]。　　孔方兄善幻，半幅溪藤，貌出緇塵素衣浣[4]。當盛暑展圖看，遽失炎蒸，甚欲摘傾筐三簡[5]。又卻被、旁人勸休休[6]，怕他日鹽羹，鳳毛無和[7]。

注解：

（1）**疏枝冷蕊**：疏枝，形容梅花枝幹疏疏落落之樣。

冷**蕊**，寒天的花。多指梅花。唐杜甫舍弟觀赴藍田取妻子到江陵喜寄三首〉之二：「巡檐索共梅花笑，冷蕊疏枝半不禁。」

（2）**年後纔多玉妃墮**：玉妃，指梅花。宋蘇軾〈花落復次前韻〉：「玉妃謫墮煙雨村，先生作詩與招魂。」

（3）**問梅軒白髮，寂對空株，期三百六十，誰同幽坐**：梅花花期已過，梅軒老人寂寞地對著花葉落盡的梅花枯枝，在未來沒有梅花陪伴的日子中，誰能與他度過空虛寂寥的時光？

梅軒，當指劉子善之父。

三百六十，三百六十日。唐施肩吾〈春遊樂〉：「一年三百六十日，賞心那似春中物。」

（4）**孔方兄善幻，半幅溪藤，貌出緇塵素衣浣**：孔方兄善幻，為戲謔之語。意指以金錢購得以墨梅一幅，畫於溪藤紙上，所畫之梅花之態有出淤泥而不染貌。

孔方兄，即孔方，錢的謔稱。舊時銅錢外圍，中有方孔，故名。

善幻，善於幻術，亦指善意的戲謔。

溪藤，指剡溪紙。浙江剡溪所產的藤製紙最為有名。宋蘇軾〈孫莘老求墨妙亭〉：「書來乞詩要自寫，為把栗尾書溪藤。」

緇塵，黑色灰塵。常喻為世俗污垢。南朝梁謝朓〈酬王晉安〉：「誰能久京洛，緇塵染素衣。」

（5）**當盛暑展圖看，遽失炎蒸，甚欲摘傾筐三箇**：盛夏展圖欣賞，
看到畫中的梅花，立刻暑氣全消；甚至幻想著能摘梅、裝滿三
個蔞筐。

炎蒸，亦作炎烝。暑熱熏蒸。北周庾信〈奉和夏日應令〉：「五
月炎蒸氣，三時刻漏長。」

（6）**又卻被、旁人勸休休**：我的想像，卻被旁人勸阻，笑稱梅花若
被摘盡，他日調鹽羹，梅實就變得稀少，不能調味。

休休，猶言不要，表示禁止或勸阻。

（7）**怕他日鹽羹，鳳毛無和**：鹽羹，《書‧說命下》：「若作和羹，爾
惟鹽梅。」孔傳：「鹽，鹹；梅，醋。羹須鹹醋以和之。」

鳳毛，鳳凰的羽毛。亦比喻珍貴稀少之物。唐王勃〈乾元殿頌〉
序：「桐圭作端，鳳毛曜丹穴之英。」

四十四、姚燧〈江梅引〉　　《全金元詞》頁738

謝王子勉提刑[(1)]送江梅[(2)]二首之一

西湖不近上林隈。問江梅。定誰栽。莫是冥鴻，銜子遠飛
來[(3)]。紫陌[(4)]游人多不識，但驚看，青天霽[(5)]，一樹開。　　獨
有使君[(6)]憐寂寞，為持杯。能幾回。玉纖橫管[(7)]東風外，落
日樓臺。不恨明朝，飛雪滿蒼苔。恨殺南溪調鼎手[(8)]，恐遲暮
[(9)]，到而今，霜鬢催。

注解：

（1）王子勉提刑：王博文（1223～1288）字子晃（子勉），號西溪，
東魯人，徙彰德。至元十八年累官燕南按察使，歷禮部尚書、
大名路德管，二十三年遷南臺中丞，二十五年卒，年六十六，
諡文定。

提刑，官名。宋置，提點刑獄之官也。明、清稱提刑按察使。《宋
史‧職官志》：「提點刑獄公事，掌察所部之獄訟，而平其曲直，

　　所至審問囚徒，詳覆案牘，凡禁繫淹延而不決，盜竊逋竄而不獲，皆劾以聞，及舉刺官吏之事，舊制參用武臣，熙寧初，神宗以武臣不足，以察所部人材罷之。」

（2）江梅：參見蔡松年〈念奴嬌〉（倦遊老眼），注（3）。

（3）西湖不近上林隈。問江梅。定誰栽。莫是冥鴻，銜子遠飛來：西湖不臨近上林園囿，自有其清幽的情趣。問江梅，是否為鴻雁銜子遠飛而來？

　　上林，泛指帝王的園囿。

　　隈，水流彎曲處。

　　冥鴻，高飛的鴻雁。唐白居易〈題贈平泉韋徵君拾遺〉：「籠雞與梁燕，不信有冥鴻。」

　　子，代詞，表示第二人稱。相當於「您」。《詩經・衛風・氓》：「匪我愆期，子無良謀。」

（4）紫陌：指京師郊野的道路。漢王粲〈羽獵賦〉：「濟漳浦而橫陣，倚紫陌而竝征。」

（5）青天霽：晴空萬里。

　　青天，晴天。

　　霽，晴朗，唐王昌齡〈何九於客舍集〉：「山月空霽時，江明高樓曉。」

（6）使君：漢時稱刺史為使君。后亦用以尊稱州郡長官。唐張籍〈蘇州江岸留別樂天〉：「莫忘使君吟詠處，汝墳湖北武丘西。」

（7）玉纖橫管：玉纖，纖維如玉的手指，多以指美人的手。

　　橫管，指笛。宋辛棄疾〈滿江紅〉中秋寄遠：「快上西樓、怕天放、浮雲遮月。但喚取、玉纖橫管，一聲吹裂。」

（8）調鼎手：調和五味之人。喻指理政治國之材。宋黃庭堅〈喜知命弟自青原歸〉：「諒非調鼎手，正覺荷鋤便。」

（9）遲暮：比喻晚年。《楚辭・離騷》：「惟草木之零落兮，恐美人之遲暮。」

四十五、姚燧〈江梅引〉　　《全金元詞》頁 738

謝王子勉提刑送江梅二首之二

年年江上見寒梅。幾枝開。暗香來。疑是月宮，仙子下瑤臺⁽¹⁾。冷豔一枝折入手，斷魂⁽²⁾遠，相思切，寄與誰。　　怨極恨極嗅玉蕊⁽³⁾。念此情，家萬里。暮霞散綺楚天外，幾片輕飛⁽⁴⁾。為我多愁，特地點征衣⁽⁵⁾。我已飄零君又老，正心碎，那堪聞，塞管⁽⁶⁾吹。

注解：

（1）年年江上見寒梅。幾枝開。暗香來。疑是月宮，仙子下瑤臺：
寒梅傳來暗香，疑是月宮仙子從神仙居處下凡而來。

暗香，宋林逋〈山園小梅〉詩二首之一：「疏影橫斜水清淺，暗香浮動月黃昏。」暗香所指者即梅花所散發的淡淡香氣，后多借以代稱梅。

瑤臺，指傳說中的神仙居處。晉王嘉《拾遺記·崑崙山》：「傍有瑤臺十二，各廣千步，皆五色玉為臺基。」

（2）斷魂：銷魂神往。形容一往情深或哀傷。唐宋之問〈江亭晚望〉：「望水知柔性。看山欲斷魂。」

（3）怨極恨極嗅玉蕊：所以會怨恨梅花，因為梅花花開時，大地回春，開始展開新的一年。然而我依舊在外飄泊，思念家鄉之情，觸景情傷。

玉蕊，指花苞。宋梅堯臣〈詠王宗說園黃木芙蓉〉：「玉蕊坼蒸粟，金房落晚霞。」

晚霞散盡的

（4）暮霞散綺楚天外，幾片輕飛：晚霞散落的楚天之外，就是我的家鄉，然而只能遙遙遠望。眼前所見的只是幾片花瓣飛舞。

散綺，展開美麗的絹緞。比喻絢麗的雲霞。南朝齊謝朓〈晚登三山遠望京邑〉：「餘霞散成綺，澄江淨如練。」

楚天，南方楚地的天空。唐劉長卿〈逢郴州使因寄鄭協律〉：「相思楚天外，夢寐楚猿吟。」

（5）征衣：旅人之衣。唐岑參〈南樓送衛信〉：「應須乘月去，且爲解征衣。」

（6）塞管：塞外胡樂器。以蘆爲首，竹爲管，聲悲切。宋晏殊〈清商怨〉：「夜又永，枕孤人遠，夢未成歸，梅花聞塞管。」

四十六、張伯淳 (1) 〈柳梢青〉 《全金元詞》頁 750

賦枯梅寄張郎中 (2) 馬同知 (3)

冷淡根荄 (4)。小春 (5) 時候，兩蕊三花。栽向西湖，移來東閣 (6)，一任安排 (7)。　絕憐瘦影橫斜。但宜在、山巔水涯 (8)。花裏平安 (9)，嶺頭孤秀，榮悴爭些 (10)。

注解：

（1）張伯淳：字師道，杭州崇德（今浙江嘉興）人，官至翰林侍講學士。有《養蒙集》十卷。傳見《元史》卷一七八。張伯淳生卒年，張子良；唐圭璋；馬興榮等皆作 1242 年～1302 年。

（2）郎中：官名。始於戰國。秦漢沿置。掌管門戶、車騎等事，內充侍衛，外從作戰。另尚書臺設郎中司詔策文書。晉武帝置尚書諸曹郎中，郎中爲尚書曹司之長。隋唐迄清，各部皆設郎中，分掌各司事務，爲尚書、侍郎之下的高級官員，清末始廢。《史記·儒林列傳》：「一歲皆輒試，能通一藝之上，補文學掌故缺，其高第可以爲郎中者，太常籍奏。」

（3）同知：官名，稱副職。宋代中央有同知閤門事、同知樞密院事，府州軍亦有同知府事、同知州軍事。元明因之。

（4）冷淡根荄：冷淡，亦作冷澹。不濃豔，素靜淡雅。唐白居易〈白牡丹〉：「白花冷澹無人愛，亦占芳名道牡丹。」

根荄，植物的根。唐白居易〈贈友〉：「根荄相交長，莖葉相附榮。」

（5）小春：指夏曆十月。以其溫暖如春，故謂之小春。宋陳元靚《歲時廣記》卷三七引《初學記》：「冬月之陽，萬物歸之。以其溫暖如春，故謂之小春，亦云小陽春。」宋歐陽修〈漁家傲〉：「十月小春梅蕊綻，紅爐畫閣新裝遍。」

（6）東閣：東廂的居室或樓房。古樂府〈木蘭詩〉：「開我東閣門，坐我西間牀。」

（7）安排：聽任大自然的變化。《莊子・大宗師》：「造適不及笑，獻笑不及排，安排而去化，乃入於寥天一也。」郭象注：「安於推移而與化俱去，故乃入於寂寥而與天爲一也。」

（8）山巓水涯：山巓，山頂。戰國楚宋玉〈高唐賦〉：「仰視山巓，肅何千千。」

　　水涯，水邊。《易・漸》：「鴻漸於干。」唐孔穎達疏：「干，水涯也。」唐宋之問〈太平公主山池賦〉：「煙岑水涯，繚繞透迤。」

（9）平安：沒有事故；沒有危險；平穩安全。唐岑參〈逢入京使〉：「馬上相逢無紙筆，憑君傳語報平安。」

（10）榮悴爭些：繁榮衰歇就差那麼一點。

　　悴，衰微。

　　爭些，差一點，幾乎。

四十七、劉敏中 [(1)] 〈鵲橋仙〉　　《全金元詞》頁 771

　　盆梅

　　孤根如寄，高標自整 [(2)]。坐上 [(3)] 西湖風景。幾回誤作杏花看，被夢裏、香魂喚省 [(4)]。　　薰爐茶竈，春閑晝永 [(5)]。不似霜清月冷。從今更愛短檠燈，夜夜看、江邊瘦影 [(6)]。

注解：

（1）劉敏中：字端甫，號中庵，濟南章丘（今山東章丘）人。官至翰林學士承旨。傳見《元史》卷一七八。著有《平宋錄》三卷，《中

庵集》二十五卷。劉敏中生卒年，張子良作 1242 年～1318 年；唐圭璋作 1243 年～1318 年；馬興榮等作 1243 年～1318 年。

（2）**孤根如寄，高標自整**：此句係指孤根的梅花自有其清高脫俗的樣態，似乎亦寄託著自己的此番風格。

寄，特指把自己的思想感情、理想、希望放在某人或某事物上。

高標，南朝宋劉義慶《世說新語・德行》：「李元禮風格秀整，高自標持。」后以高標指清高脫俗的風格。

（3）**坐上**：座席上。司馬遷《史記・魏其武安侯列傳》：「夫（灌夫）起舞屬丞相，丞相不起，夫從作上語侵之。」

（4）**幾回誤作杏花看，被夢裏、香魂喚省**：幾次錯將梅花誤認是杏花，彷彿在夢中，梅花美人的花魂出現，獨特的幽雅姿態與清淡香氣，使我再度想起這位梅花美人。

幾回誤作杏花看，化用宋王安石〈紅梅〉：「北人初未識，渾作杏花看。」

香魂，美人之魂。唐沈佺期〈天官崔侍郎夫人盧氏挽歌〉：「偕老何言謬，香魂事永違。」

省，猶記、憶也。唐韋應物〈雪中〉：「此時騎馬出，忽省京華年。」

（5）**薰爐茶竈，春閑晝永**：薰香、飲茶、賞梅，春日閑情的興致從白晝直至黑夜。

薰爐，亦作薰鑪。用於薰香等的爐子。唐楊炯〈和崔司空傷姬〉：「粉匣棲餘淚，薰爐減舊煙。」

茶竈，烹茶的小爐灶。《新唐書・隱逸傳・陸龜蒙》：「不乘馬，升舟設篷席，齎束書、茶竈、筆牀、釣具往來」

（6）**從今更愛短檠燈，夜夜看、江邊瘦影**：因為能隨時隨地、不分晝夜地賞看盆梅之景，故愛短檠燈，能使黑夜如白晝。

檠，燭台、燈台。

四十八、劉敏中〈鵲橋仙〉　《全金元詞》頁 772

盆梅

纖條漸見稀稀蕾⁽¹⁾。孤根旋透溫溫水⁽²⁾。但得一枝春⁽³⁾。誰嫌老瓦盆。　　寒愁芳意懶。移近南窗暖⁽⁴⁾。卻怕盛開時。香魂來索詩⁽⁵⁾。

注解：

(1) **纖條漸見稀稀蕾**：盆梅中纖細的枝椏上已經逐漸看得到幾朵花蕾。

　　纖條，纖細的枝條。戰國楚宋玉〈高唐賦〉：「纖條悲鳴，聲似竽籟。」

(2) **孤根旋透溫溫水**：以溫水澆灌，使得盆梅中獨生的根旋即回暖。

　　孤根，獨生的根。唐齊己〈早梅〉：「萬木凍欲折，孤根暖獨迴。」

(3) **寒愁芳意懶。移近南窗暖**：嚴寒的天氣恐怕梅花懶得開放，於是將盆梅移至窗邊，期盼能因為陽光充足，充份的暖氣促使梅花早點綻放。

　　芳意，指春意。唐徐彥伯〈同書舍人元旦早朝〉：「相問韶光歇，彌意芳意濃。」

　　南窗，向南的窗子。因窗多朝南，故亦泛指窗子。晉陶潛〈問來使〉：「我屋南窗下，今生幾叢菊。」

(4) **一枝春**：《太平御覽》卷九七○引南朝宋盛弘之《荊州記》：「陸凱與范曄相善，自江南寄梅花一枝，詣長安與曄。並贈花詩曰：『折花逢驛使，寄與隴頭人。江南無所有，聊贈一枝春。』」後多以一枝春為梅花的別名。

(5) **香魂**：美人之魂。此處應指梅花花魂。唐沈佺期〈天官崔侍郎夫人盧氏挽歌〉：「偕老何言謬，香魂事永違。」

四十九、程文海[1]〈摸魚兒〉　　《全金元詞》頁 788

壽燕五峯右丞[2]

記江梅、向來輕別，相逢今又平楚[3]。東風小試南枝暖，早已千林煙雨。春幾許[4]向五老仙家，移下瓊瑤樹[5]。溪橋驛路。更月曉隈沙，霜清野水，疏影自容與[6]。　　平生事，幾度含章殿宇[7]。隔花么鳳能語。苔枝夭矯蒼龍瘦[8]，誰把冰鬚細數。千萬縷，簇一點芳心[9]，待與和羹[10]去。移宮換羽[11]。且度曲傳觴，主人花下，今日慶初度[12]。

注解：

（1）**程文海**：程鉅夫，初名文海，避元武宗諱，以字行，號雪樓，又號遠齋，建昌（今江西南城）人。南宋末，隨叔父程飛卿以建昌降元，授宣武將軍管軍千戶。至元十六年爲應奉翰林文字，遷集賢直學士、祕書少堅。二十三年代侍御史行御史台事，奉詔訪賢江南，薦趙孟頫等二十餘人。歷閩海、江南湖北、山南江北、浙東海右諸道廉訪使，翰林學士承旨。延祐初，議行貢舉法，至元三年請老歸，五年卒，年七十。諡文憲。著有《雪樓集》三十卷，能詩文，亦能詞，清江標《宋元名家詞》本《雪樓樂府》一卷，凡五十五首，《全金元詞》又據《永樂大典》補一首。傳見《元史》卷一七二。程文海生卒年，張子良；唐圭璋；馬興榮等皆作 1249 年～1318 年。

（2）**燕五峯右丞**：燕五峯，燕公楠（1241～1302）字國材，號五峯，南康建昌人。宋末歷官贛州通判，宋亡，授吉州路同知，除僉江淮行省事，至元二十五年遷大司農，改江浙參政，復爲大司農，元貞元年陞河南行省右丞，改江浙，大德三年移湖廣，六年卒，年六十二。

右丞，官名。漢置尚書左右丞，以佐令僕，右丞與僕射皆掌授稟假錢穀，歷代因之，清末更定各部官制，每部置左右丞，以

仕侍郎。《後漢書·百官志》：「尙書左右丞各一人，掌錄文書期會。」

（3）**記江梅、向來輕別，相逢今又平楚**：江梅向來是很容易被辨別的，今日又在郊野處看到江梅。

江梅，參見蔡松年〈念奴嬌〉（倦遊老眼），注（3）。**輕**，輕易；容易。《孟子·梁惠王上》：「然後驅而之善，故民之從之也輕。」**別**，區分；辨別。北魏酈道元〈水經注·淇水〉：「不遇盤根錯節，何以別利器乎？」

平楚，平野。宋文天祥〈汶陽道中〉：「平楚渺四極，雪風迷遠天。」

（4）**東風小試南枝暖，早已千林煙雨。春幾許**：早春之際，煙雨迷濛，南枝花開，到處充滿著春天氣息。

試，嘗試。此句將東風吹拂擬人化，彷彿是春風小試身手，讓大自然恢復生機。《易·無妄》：「無妄之藥，不可試也。」

南枝，參見蔡松年〈念奴嬌〉（倦游老眼），注（12）。

煙雨，濛濛細雨。南朝宋鮑照〈觀漏賦〉：「聊弭志以高歌，順煙雨而沈逸。」

幾許，多麼，何等。《北齊書·高天海傳》：「爾在鄴城說我以弟反兄，幾許不義。」

（5）**向五老仙家，移下瓊瑤樹**：眼前的梅花樹，即春風向五老仙人住處，移來的仙樹。

五老，神話傳說中的五星之精。《竹書紀年》卷上：「率舜等升首山，遵河渚，有五老游焉，蓋五星之精也。」唐駱賓王《爲齊州父老請陪封禪表》：「故得河浮五老，啓赤文於帝期。」

仙家，仙人所住之處。唐牟融〈天台〉：「洞裏無塵通客境，人間有路入仙家。」

瓊瑤樹，瓊樹，仙樹名。唐曹唐〈小游仙詩九十八首〉之七十五：「瓊樹扶疏壓瑞煙，玉皇朝客滿花前。」

（6）**更月曉隈沙，霜清野水，疏影自容與**：在月光下，梅花疏影照映在結霜的水面上，隨著水波浮動。

更，經過；經歷。宋陸游〈春夜讀書感懷〉：「悲哉白髮翁，世事已飽更。」

霜清，霜潔也。唐李白〈廬山東林寺夜懷〉：「霜清東林鐘，水白虎溪月。」

野水，野外的水流。唐韓愈〈宿神龜招李二十八馮十七〉：「荒山野水照斜暉，啄雪寒鴉趁始飛。」

疏影，亦作疎影。疏朗的影子。此處借指梅花。宋林逋〈山園小梅〉詩二首之一：「疏影橫斜水清淺，暗香浮動月黃昏。」

容與，隨水波起浮動蕩貌。《楚辭·九章·涉江》：「船容與而不進兮，淹回水而凝滯。」

（7）**平生事，幾度含章殿宇**：含章殿下，梅花綻放過幾次了呢？

平生，一生，此生以來。《陳書·徐陵傳》：「歲月如流，平生幾何？」

含章殿，南朝宋宮殿名。宋程大昌《演繁露·含章梅妝》：「壽陽公主在含章殿，梅花飄著其額。」

（8）**苔枝夭嬌蒼龍瘦**：形容梅樹枝幹屈曲有如蒼龍。

夭嬌，亦作夭矯。木枝屈曲貌。《漢書·揚雄傳上》：「踔夭矯，娭澗門。」顏師古注：「夭矯，亦木枝曲也。」

蒼龍，古代傳說中的青龍。《楚辭·九辨》：「左朱雀之茇茇兮，右蒼龍之躍躍。」

（9）**芳心**：指花蕊。俗稱花心。宋蘇軾〈岐亭道上見梅花戲贈季常〉：「數枝殘綠風吹盡，一點芳心雀啅開。」

（10）**和羹**：配以不同調味品而制成的羹湯，用以比喻大臣輔助君主綜理國政。《書·說命下》：「若作和羹，爾惟鹽梅。」孔傳：「鹽，鹹；梅，醋。羹須鹹醋以和之。」

（11）**移宮換羽**：亦作「移商換羽」謂樂曲換調。宮、商、角、徵、

羽均爲古代樂曲五音之音調名。《周禮・春官・大師》:「皆文之五聲:宮、商、角、徵、羽。」宋周邦彥〈意難忘〉(衣染鶯黃):「解移宮換羽,未怕周郎。」

(12) 且度曲傳觴,主人花下,今日慶初度:在梅花樹下飲酒歌唱,慶祝主人翁的生日。

度曲,依曲譜歌唱。漢張衡〈西京賦〉:「度曲未終,雲起雪飛。」觴,盛滿酒的杯。亦泛指酒器。《禮記・投壺》:「命酌,曰:『請行觴。』」

初度,謂始生之年時。屈原《楚辭・離騷》:「皇覽揆余初度兮,肇錫余以嘉名。」后因稱生日爲「初度」。宋趙蕃〈歐陽全眞生日〉:「南風屬初度,杯酒相獻酬。」

集評:

　　清馮金伯《詞苑萃編・元公卿間倡酬》卷六:「程鉅夫有壽燕公楠〈摸魚兒〉云:『記江梅、向來輕別,相逢今又平楚……且顧曲傳觴,主人花下,今日慶初度。』蓋五峰生日在梅花時,故通首皆影借梅花故事也。燕亦有和韻答程雪樓見壽云:『又浮生、平頭六十,登樓悵望荊楚……且細酌盱泉,酣歌郢雪,風致美無度。』按〈摸魚兒〉,樂府大曲,元之公卿用以倡酬如此。」

　　清王奕清等《歷代詞話・程鉅夫詞》卷九,蓋引自清馮金伯《詞苑萃編》卷六〈元公卿間倡酬〉,敘述相同。

五十、程文海〈摸魚兒〉　　《全金元詞》頁 789

以鴛鴦梅[1]一盆壽程靜山平章[2]

千歲蒼虯成玉樹[3],江南江北孤芳[4]。平生何處最聞香。五更江上路,幾度月中霜[5]。　　休笑梅兒今老大,年年青子雙雙。風流消得喚鴛鴦[6]。和羹眞箇也,莫忘水雲鄉[7]。

注解：

（1）**鴛鴦梅**：宋范成大《梅譜》：「多葉紅梅也。花輕盈，重葉數層。凡雙果必並蒂，惟此一蒂而結雙梅，亦尤物。」

（2）平章：古代官名。唐代以尚書、中書、門下三省長官為宰相，因官高權重，不常設置，選任其他官員加同中書門下平章事之名，簡稱「同平章事」，同參國事。唐睿宗時又有平章軍國重事之稱。宋因之，專由年高望重的大臣擔任，位在宰相之上。金元有平章政事，位次於丞相。元代之行中書省置平章政事，則為地方高級長官。簡稱平章。

（3）**千歲蒼虯成玉樹**：千歲蒼虯玉樹，用指梅花的長壽，亦隱含祝壽對方如同梅花般長命百歲。

千歲，千年，年代久遠。《荀子・非相》：「欲觀千歲，則數今日；欲知億萬，則審一二。」

蒼虯，形容樹林盤曲的枝幹。宋王沂孫〈疏影〉詠梅影：「蒼虯欲捲漣漪去，慢蛻卻、連環香骨。」

玉樹，神話傳說中的仙樹。《淮南子・墜形訓》：「（崑崙）上有木禾，其修五尋。珠樹、玉樹、璇樹、不死樹在其西。」

（4）**孤芳**：獨秀的香花。常比喻高潔絕俗的品格。南朝梁沈約〈謝齊竟陵王教撰高士傳啓〉：「貞操與日月俱懸，孤芳隨山壑共遠。」

（5）**平生何處最聞香。五更江上路，幾度月中霜**：平生何處最能聞得梅香？五更江上奔波前程、月下霜雪時。

江上，江岸上。南朝宋鮑照〈發後渚〉：「江上氣早寒，仲秋始霜雪。」

月中，月光之中，月光下。唐王建〈霓裳詞〉之九：「宮女月中更替立，黃金梯滑並難行。」

（6）**年年青子雙雙。風流消得喚鴛鴦**：戲謔之語，切合鴛鴦梅之生長特性，一蒂結雙梅。

青子，指梅實。宋陸游〈園中賞梅〉：「熨眼紅苞初報信，回頭

青子又生仁。」

風流，參見張之翰〈太常引〉（幽香拍塞滿比鄰），注（5）。

消得，值得，配得。宋柳永〈蝶戀花〉（竚倚危樓風細細）：「衣帶漸寬終不悔，爲伊消得人憔悴。」

（7）**和羹眞箇也，莫忘水雲鄉**：梅實可以和羹調味，願你也能輔助君王有成。也希望你不要只是留戀功名前途，有朝一日，若是功成身退，不妨過過隱居的生活。

和羹，配以不同調味品而制成的羹湯，用以比喻大臣輔助君主綜理國政。《書·說命下》：「若作和羹，爾惟鹽梅。」孔傳：「鹽，鹹；梅，醋。羹須鹹醋以和之。」南朝宋炳《答何衡陽書》：「貝錦以繁采發華；和羹以鹽梅致旨。」

箇，指示代詞。這、那。唐白居易〈自詠〉：「咄哉箇丈夫，心性任墮頑？」

水雲鄉，水雲迷漫，風景清幽的地方。多指隱者游居之地。宋蘇軾〈南歌子〉別潤守許仲途：「一時分散水雲鄉，惟有落花芳草斷人腸。」傅幹注：「江南地卑濕而多沮澤，故謂之水雲鄉。」

五十一、程文海〈蝶戀花〉　　《全金元詞》頁 790

壽千奴監司 [1] 十二月朔

黃鶴山 [2] 前梅半吐。歲歲年年，誰是冰霜侶。自有使君來共住 [3]。黃昏不怕風吹雨。　　見說和羹天已許 [4]。帶得春來，又怕春將去。記取澄清堂上語 [5]。八千眉壽從今數 [6]。

注解：

（1）**千奴監司**：千奴，千頭木奴的省稱。千頭木奴，指千棵柑橘樹。漢末李衡爲官清廉，晚年派人於武陵陽汜州種柑橘。臨死，對他的兒子說：「汝母惡我治家，故窮如是。然吾州里有千頭木奴，不責汝衣食，歲上一匹絹，亦足可用耳。見《三國志·吳志·

孫休傳》」引裴松之注引《襄陽記》、晉習鑿齒《襄陽耆舊傳‧
李衡傳》。后多用以為典。宋蘇軾〈食柑〉:「座客慇勤爲收子,
千奴一掬奈吾貧。」

監司,負有監察之責的官吏。漢以後的司隸校尉和督察州縣的
刺史、轉運使、按察使、布政使等通稱爲監司。《後漢書‧左雄
傳》:「監司項背相望,與同疾疢,見非不舉,聞惡不察。」

(2)**黃鶴山**:即湖北省武漢市蛇山。又名黃鵠山。西北二里有黃
鵠磯。世傳仙人子安乘黃鵠過此。有黃鵠樓在其山。北魏酈
道元《水經注‧江水三》:「船官浦東,即黃鵠山,林澗甚美,
譙郡戴仲若野服居之。山下謂之黃鵠岸;岸下有灣,目之爲
黃鵠灣。」

(3)**歲歲年年,誰是冰霜侶。自有使君來共住**:梅花衝雪犯寒綻放
芳姿之際,自有使君你爲之停留。隱含使君與梅花同樣具有高
潔品格之意。

使君,漢時稱刺史爲使君。后亦用以尊稱州郡長官。唐張籍〈蘇
州江岸留別樂天〉:「莫忘使君吟詠處,汝墳湖北武丘西。」

住,停留;留。宋張元幹〈漁家傲〉:「流年度,春光已向梅梢
住。」

(4)**見說和羹天已許**:聽說君王已經予許你輔助國政。應指對方有
升遷之喜。

見說,聽說。唐李白〈送友人入蜀〉:「見說蠶叢路,崎嶇不易
行。」

和羹,配以不同調味品而制成的羹湯,用以比喻大臣輔助君主
綜理國政。《書‧說命下》:「若作和羹,爾惟鹽梅。」孔傳:「鹽,
鹹;梅,醋。羹須鹹醋以和之。」南朝宋炳《答何衡陽書》:「貝
錦以繁采發華;和羹以鹽梅致旨。」

天,稱君王。宋樂史《楊太眞外傳》:「虢國不施粧粉,自衒美
豔,常素面朝天。」

（5）記取澄清堂上語：和羹天已許，希望你能記取在殿堂上所言要
澄清天下之語。

澄清，謂肅清混亂的局面。《後漢書・黨錮傳・范滂》：「滂登車
攬轡，慨然有澄清天下之志。」

堂上，殿堂上；正廳上。《儀禮・聘禮》：「堂上八豆，設於廬西
西陳。」

（6）八千眉壽從今數：除了祝賀你官運亨通，也祝你長命百歲。

八千眉壽，祝壽之語。

眉壽，長壽。《詩・豳風・七月》：「爲此春酒，以介眉壽。」毛
傳：「眉壽，豪眉也。」孔穎達疏：「人年老者必有豪眉秀出者。」
高亨注：「眉壽，長壽也。」南朝梁沈約〈桐柏山〉：「納寒場，
爲春酒，昭景福，介眉壽。」

五十二、程文海〈菩薩蠻〉　　《全金元詞》頁 793

次韻郭安道[1]探梅

孤根自是春憐惜。一苞生意何息[2]。南北本同枝[3]。先開
先得詩。風來元[4]不約。冷暖憑斟酌[5]。花落又花開。年年去
復來。

注解：

（1）郭安道：郭貫（1250～1331），字安道，號西垕。保定清苑人。
至元二十七年累遷監察御史，歷湖南、湖北、江西三道憲僉，
入爲御史臺都事，大德八年遷集賢待制，進翰林直學士，除河
東廉訪副使，皇慶二年累陞淮西廉訪使，入爲中書參政，進左
丞，加集賢大學士，至治元年致仕。至順二年卒，年八十二。
諡文憲。

（2）孤根自是春憐惜。一苞生意何息：孤根的梅花自有東君憐惜，
故蓬勃的生機未曾停歇。

孤根，獨生的根。唐齊己〈早梅〉：「萬木凍欲折，孤根暖獨迴。」
自是，自然是；原來是。唐杜甫〈古柏行〉：「扶持自是神明力，正直原因造化功。」
生意，生機，生命力。唐韋皋〈天池晚櫂〉：「雨霽天池生意足，花間誰詠採蓮曲。」

（3）**南北本同枝**：南枝、北枝，皆指梅花。參見李俊民〈洞仙歌〉（隴頭瀟灑）注（8）。

（4）元：本來；向來；原來。三國魏嵇康〈琴賦〉序：「推其所由，似元不解音聲。」

（5）**斟酌**：猶思忖、思量。唐杜甫〈月〉：「斟酌姮娥寡，天寒耐九秋。」

五十三、程文海〈千秋歲〉　《全金元詞》頁 793

壽劉中庵[(1)]

報梅開處。又報君初度[(2)]。冰雪種，瓊瑤樹[(3)]。重逢仍嫵媚[(4)]，方發非遲暮[(5)]。春滿面，廣平消得平生賦[(6)]。　觀裏桃應妬。無奈冰霜沍[(7)]。香不斷，清如許。從教吹笛裂[(8)]，自有和羹具。花會否，明年相見沙隄路。[(9)]

注解：

（1）**劉中庵**：劉敏中（1243～1318），字端甫，號中庵，章丘人。累遷燕南廉訪副使，入爲國子司業，遷翰林直學士，除東平路總管，擢西臺治書，大德九年召爲集賢學士，歷河南行省參政、治書侍御史、淮西廉訪使，轉山東宣慰使，拜翰林學士承旨，以疾辭歸。延祐五年卒，年七十六。謚文簡。著有平宋錄三卷、中庵集二十五卷。

（2）**初度**：謂始生之年時。屈原《楚辭・離騷》：「皇覽揆余初度兮，肇錫余以嘉名。」后因稱生日爲「初度」。宋趙蕃〈歐陽全眞生

日〉：「南風屬初度，杯酒相獻酬。」

（3）冰雪種，瓊瑤樹：喻冰雪飄散在梅花枝幹上的樣子。

　　瓊瑤，喻雪。唐白居易〈西樓喜雪命宴〉：「四郊鋪縞素，萬室
　　甃瓊瑤。」白雪覆蓋的樹。

（4）嫵媚：亦作斌媚。姿容美好，可愛。唐趙鸞鸞〈柳眉〉：「嫵媚
　　不煩螺子黛，春山畫出自精神。」

（5）遲暮：比喻晚年。《楚辭·離騷》：「惟草木之零落兮，恐美人之
　　遲暮。」

（6）廣平消得平生賦：鐵石心腸的廣平曾為梅花寫〈梅花賦〉。關於
　　廣平的相關記載，參見李俊民〈謁金門〉（開未徹），注（3）。
　　消得，值得，配得。宋柳永〈蝶戀花〉（竚倚危樓風細細）：「衣
　　帶漸寬終不悔，為伊消得人憔悴。」

（7）沍：凍結，凝聚。《莊子·齊物論》：「大澤焚而不能熱，河漢沍
　　而不能寒。」

（8）吹笛裂：吹笛，李白〈與史郎中欽聽黃鶴樓上吹笛〉詩：「黃鶴
　　樓中吹玉笛，江城五月落梅花。」李白以此意詠吹笛，後人多
　　借以詠落梅的蕭瑟之景。然而此處言吹笛裂，一反傳統詞意，
　　此句指梅花不會輕易墜落，意謂人品高潔，有如高標梅格。

（9）自有和羹具。花會否，明年相見沙隄路：此句應是與對方打賭，
　　預祝對方官位能年年高昇。
　　和羹，配以不同調味品而制成的羹湯，用以比喻大臣輔助君主
　　綜理國政。《書·說命下》：「若作和羹，爾惟鹽梅。」孔傳：「鹽，
　　鹹；梅，醋。羹須鹹醋以和之。」南朝宋炳《答何衡陽書》：「貝
　　錦以繁采發華；和羹以鹽梅致旨。」
　　具，器物，用具。《史記·酷吏列傳》：「法令者治之具，而非制
　　治清濁之源也。」
　　花會，舊時流行於東南沿海的一種賭博。預賭者從三四十個古
　　人名中猜一個，中者可贏三十倍於賭注的錢。

沙隄，亦作沙堤。唐代專爲宰相通行車馬所鋪築沙面大路。唐
李肇〈唐國史補〉卷下：「凡拜相，禮絕班行，府縣載沙塡路。
自私第至於子城東街，名曰沙堤。」后用爲典實，指樞臣所行
之路。唐白居易〈宮牛〉：「載向五門官道西，綠檜陰下鋪沙堤。」

五十四、程文海〈鵲橋仙〉　　《全金元詞》頁 794

次中庵[(1)]韻題解安卿[(2)]盆梅

南枝[(3)]春盛，斜斜整整。猶原作獨，據景元本改孤山光景
[(4)]。相逢索笑[(5)]耐尊空，向老瓦盆中自省[(6)]。　　風霜人老，
關河路永[(7)]。賴得生成[(8)]慣冷。憑誰移傍太初巖，待雪月交光
得影。

注解：

（1）**中庵**：劉敏中（1243～1318），字端甫，號中庵，章丘人。累遷
燕南廉訪副使，入爲國子司業，遷翰林直學士，除東平路總管，
擢西臺治書，大德九年召爲集賢學士，歷河南行省參政、治書
侍卿史、淮西廉訪使，轉山東宣慰使，拜翰林學士承旨，以疾
辭歸。延祐五年卒，年七十六。諡文簡。著有平宋錄三卷、中
庵集二十五卷。

（2）**解安卿**：解節亨，字安卿，號東庵，渤海人。至元二十二年由
近侍屬出爲濟南路錄事，轉德州判官，歷光祿寺主事、集賢院
都事，至大元年遷秘書監著作郎，歷陞秘書監丞、秘書少監，
除翰林侍講學士，致仕歸。

（3）**南枝**：借指梅花。參見蔡松年〈念奴嬌〉（倦游老眼），注（12）。

（4）**猶孤山光景**：盆梅樣態猶如西湖孤山風光。

孤山，山名。在浙江杭州西湖中，孤峰獨聳，秀麗清幽。宋林
逋曾隱居於此，隱居之地遍植梅花。參見李俊民〈洞仙歌〉（隴
頭瀟灑），注（7）。

光景，風光，景象。南朝梁蕭綱〈豔歌篇十八韻〉：「凌晨光景
麗，倡女奉樓中。」

（5）索笑：唐杜甫〈舍弟觀赴藍田取妻子到江陵喜寄三首〉之二：「巡
檐索共梅花笑，冷蘂疏枝半不禁。」表達杜甫聽到杜觀接妻子
到江陵的消息後的喜悅心情，望檐頭梅花似與自己共笑。後人
常用此典詠梅花。

（6）自省：自行省察，自我反省。《論語・里仁》：「子曰：『見賢思
齊焉，見不賢而內自省也。』」

（7）關河路永：關河路長。

關河，關山河川。《後漢書・荀彧傳》：「此實天下之要地，而將
軍之關河也。」

永，泛指長。兼指時間和空間。南朝梁江淹〈麗色賦〉：「故氣
炎日永，離明火中。」

（8）生成：自然形成；生就。唐皎然〈答韋山人隱起龍文藥瓢歌〉：
「彪炳文章智使然，生成在我不在天。」

五十五、程文海〈玉樓春〉　　《全金元詞》頁 794

次韻王彥博右丞[1]詠梅

梁園賦客情無奈。嚼到梅花和蠟愛[2]。偏憐初日[3]透宮黃
[4]，怕染春風成野黛。游蜂怪底隨飛蓋[5]。揀得繁枝[6]償酒債。
玉堂開卷已春殘，紅紫紛紛都異態[7]。

注解：

（1）王彥博右丞：王彥博（1252～1333），眞定人。至元二十四年累
遷監察御史，歷御史臺都事，中書右思員外郎，成宗即未，調
兵部郎中，改禮部，拜翰林直學士，除太常少卿，歷刑部、禮
部尚書。至大間擢太子詹事丞，進副詹事，仁宗敬禮之。仁宗
立，拜河南右丞，召爲集賢大學士，延佑二年除樞密副使。至

治二年致仕，元統元年卒，年八十二。

右丞，官名。漢置尚書左右丞，以佐令僕，右丞與僕射皆掌授廩假錢穀，歷代因之，清末更定各部官制，每部置左右丞，以仕侍郎。《後漢書·百官志》：「尚書左右丞各一人，掌錄文書期會。」

（2）梁園賦客情無奈。嚼到梅花和蠟愛：在梁園賞景的文人們，愛梅之情無人可比。同嚼梅、蠟，原本無味，然而因為愛梅至深，故甘之如飴。

梁園，漢代梁孝王所營築之兔園，與梁苑同。唐杜甫〈寄李十二白詩〉：「醉舞梁園夜，行歌泗四春。」

賦客，辭賦家。宋晏殊〈示張寺丞王校勘〉：「遊梁賦客多風味，莫惜青錢萬選才。」

無奈，猶無比。宋蘇轍〈次韻毛君九日〉：「手拈霜菊香無奈，面拂江風酒自開。」

嚼蠟，比喻無味。宋王安石〈示董伯懿〉：「嚼蠟已能忘世味，畫蠟那更惜時名。」

（3）初日：剛升起的太陽。南朝宋何遜〈曉發〉：「早霞麗初日，清風消薄霧。」

（4）宮黃：古代婦女額上塗飾的黃色。此處借指梅花顏色，而非實指美人嬌額，以銜接下一句「怕染春風成野黛」。宋周邦彥〈瑞龍吟〉：「侵晨淺約宮黃，障風映袖，盈盈笑語。」

（5）飛蓋：高高的車蓬，亦借指車。《陳書·徐陵傳》：「高軒繼路，飛蓋相隨。」

（6）繁枝：繁茂的樹枝。晉傅玄〈秋胡〉：「素手尋繁枝，落葉不盈筐。」

（7）玉堂開卷已春殘，紅紫紛紛都異態：當玉堂中其它花種花開時，已是春殘之際，不同於早春梅英初綻之景。

玉堂，豪貴的宅第。南朝宋鮑照〈喜雨〉：「驚雷鳴桂渚，迴涓流玉堂。」

開卷，開放與閉合。南朝宋鮑照〈芙蓉賦〉：「雜眾姿於開卷，閱羣貌於昏明。」

異態，謂與一般不同之情態景色。唐白居易〈簡簡吟〉：「殊姿異態不可伏，忽忽轉動如有光。」

五十六、吳存 [1]〈水龍吟〉　　《全金元詞》頁 830

落梅

無端夢醉西湖，楊花撲帳春雲熱 [2]。朝來問訊，牆陰玉樹，霏霏香屑 [3]。黏竹如斑，點衣如睡 [4]，穿簾如蝶。甚兒童驚怪，東風幾日，銷不盡，蒼苔雪。　　莫恨玉妃渾老，半面妝風流仍絕 [5]。多情應有，洛濱解佩，江中捐玦 [6]。銷得幾番，荒煙疏雨，冷雲殘月。倩何人報與廣平，渠不解心如鐵 [7]。

注解：

（1）吳存：字仲退，號樂庵，鄱陽（今江西波陽）人。私淑宋學者餚魯。延祐元年領鄉薦，試禮部不利。恩授饒州路學正，調寧國路教授，以鄱陽縣主簿致仕。至元五年卒，年八十三。著有《樂庵遺稿》二卷。詞存集中，朱祖謀《彊村叢書》輯有《樂庵詩餘》一卷，凡三十首。吳存生卒年，馬興榮等作 1257 年～1339 年。張子良、唐圭璋則沒有標明。

（2）楊花撲帳春雲熱：楊花，指柳絮。唐孟浩然〈賦得盈盈樓上女〉：「燕子家家入，楊花處處飛。」

春雲，春天的雲，喻女子的美髮。王建〈宮詞〉：「紅燈睡裏喚春雲，雲上三經直宿分。」

（3）朝來問訊，牆陰玉樹，霏霏香屑：早晨過來看看牆陰的梅花開得怎樣？只見梅花樹被霏霏白雪所覆蓋，終究飄下片片花瓣。

牆陰，牆的陰暗處。唐劉禹錫〈牆陰歌〉：「莫言牆陰數尺間，老卻主人如等閒。」

玉樹，白雪覆蓋的樹。唐李白〈對雪獻從兄虞城宰〉：「庭前看玉樹，腸對憶連枝。」

霏霏，雨雪盛貌。《詩‧小雅‧采薇》：「今我來思，雨雪霏霏。」

香屑，花瓣；花的碎片。南唐李煜〈玉樓春〉：「臨春誰更飄香屑，醉拍闌干情味切。」

（4）**點衣如睡**：如睡香有著吸引人的香氣。睡香，又名瑞香。宋陶穀《清異錄‧睡香》：「廬山瑞香花，始緣一比丘晝寢盤石上，夢中聞花香烈酷不可名，既覺，尋香求之，因名睡香。四方奇之，謂乃花中祥瑞，遂以瑞易睡。」

（5）**莫恨玉妃渾老，半面妝風流仍絕**：雖見梅花逐漸有凋謝之樣，然而仍具有風韻。

半面妝，南朝梁元帝妃子徐昭佩因姿容不美，受元帝冷遇。徐妃亦因帝眇一目，每知帝將至，必僅飾半面以侍之，帝見則大怒而出。藉半面妝之典詠梅，著重其徐娘半老風韻猶在，以喻梅花歷經歲寒，依舊風流仍在。《南史‧列傳‧后妃下‧元帝徐妃》卷十二：「帝左右季江有姿容，又與淫通。季江每嘆曰：『柏質狗雖老猶能獵，蕭溧陽馬雖老猶駿，徐娘雖老猶尚多情。』」

風流，參見張之翰〈太常引〉（幽香拍塞滿比鄰），注（5）。

（6）**洛濱解佩，江中捐玦**：看到梅花風韻猶在，聯想到自己亦是如此。無奈曾經相愛的情人，最終棄我而去。

解佩，解下配帶的飾物。漢劉向《列仙傳‧江妃二女》：「江妃二女者，不知何所人也，出遊於江漢之湄，逢鄭交甫，見而悅之，不知其神人也，謂其僕曰：『我欲下請其佩』……遂手解佩與交甫。」意指男女之間情投意和，交換信物。

捐玦，捐棄玉玦。屈原《楚辭‧九歌‧湘君》：「捐余玦兮江中，遺余佩兮醴浦。」喻出會相愛者未遇，因失望而捐棄信物。

（7）**倩何人報與廣平，渠不解心如鐵**：心如鐵的廣平都會被梅花所動容，然而如廣平般心如鐵的情人卻不會為我停留。將無情的

郎君比作廣平，自己比作風韻動人的梅花。

　　倩，請、懇求。漢王褒〈僮約〉：「蜀郡王子淵以事到煎上寡婦楊惠舍，有一奴名便了，倩行沽酒。」

　　廣平，參見李俊民〈謁金門〉（開未徹），注（3）。

五十七、蒲道源⁽¹⁾〈滿庭芳〉　　《全金元詞》頁 835

　　南營探梅至梅隱丈□

　　長憶當年，讀書窗下，歲寒留著孤芳。巡檐索笑，重到更徬徨⁽²⁾。梅隱先生何在，清江⁽³⁾外、新構茅堂。人應道、攀枝嗅**藥**，那得救肌腸。　　多情餘習氣，芒鞋竹杖，未忍相忘⁽⁴⁾。但年年依舊，疏影幽香。好是春風近也，猶記得、吟繞黃昏。開尊⁽⁵⁾飲、參橫斗轉⁽⁶⁾，同醉臥花旁。

注解：

（1）蒲道源：字得之，號順齋，世居眉州青神（今四川青神），后徙家興元（今陝西漢中）。幼強記過人，究心濂洛之學。嘗爲郡學正，罷歸。晚以遺逸徵入翰林，改國子博士，歲餘引去。起提舉陝西儒學，不就，優游林泉。傳見《新元史》卷二三八。著有《順齋閑居叢稿》二十六卷，詩文眞僕顯易，不假鍛鍊雕琢。詞存集中，朱祖謀《彊村叢書》輯爲《順齋樂府》一卷。

（2）巡檐索笑，重到更徬徨：舊地重遊，仍不減對梅花的愛悅，頻頻來回左右觀賞。

　　巡檐索笑，化用自唐杜甫〈舍弟觀赴藍田取妻子到江陵喜寄〉三首之二：「巡檐索共梅花笑，冷蘂疏枝半不禁。」杜甫聽到杜觀接妻子到江陵的消息後的喜悅心情，望檐頭梅花似與自己共笑。

　　巡檐，來往於檐前。

　　徬徨，來回行走。班固〈西都賦〉：「既懲懼於登望，降周流以徬徨。」

（3）清江：水色清澄的江。南朝梁何遜〈初發新林〉：「鐃吹響清江，
　　　懸旗出長嶼。」

（4）多情餘習氣，芒鞋竹杖，未忍相忘：我這多情的習性未改，依
　　　然腳穿芒鞋、手執竹杖，探梅芳蹤。

　　　習氣，習慣；習性。后多指逐漸形成的不良習慣或作風。宋蘇
　　　軾〈再和潛師〉：「東坡習氣除未盡，時復長篇書小草。」

（5）開尊：亦作「開樽」。舉杯飲酒。唐杜甫〈獨酌〉：「步屧深林晚，
　　　開樽獨酌遲。」

（6）參橫斗轉：亦作斗轉參橫。北斗轉向，參星橫斜，表示天色將
　　　明。宋蘇軾〈六月二十日夜渡海〉詩：「參橫斗轉欲三更，苦雨
　　　終風也解晴。」宋韓元吉《水龍吟》題三峰閣詠英華女子詞：「斗
　　　轉參橫，半簾花影，一溪寒水。」

五十八、蒲道源〈臨江仙〉　　《全金元詞》頁 837

　　次解東庵[1]學士詠梅韻

　　聞說東庵梅最好，何須遠訪西湖[2]。金衣相映玉肌膚[3]。
幽香俱可愛，顏色不妨[4]殊。　　　花主[5]惜春乃好事，作詩
清似林逋[6]。冰姿雪萼正敷腴[7]。正愁無客至，那怕酒須沽。

注解：

（1）解東庵：解節亨，字安卿，號東庵，渤海人。至元二十二年由
　　　近侍屬出為濟南路錄事，轉德州判官，歷光祿寺主事、集賢院
　　　都事，至大元年遷祕書監著作郎，歷陞祕書監丞、祕書少監，
　　　除翰林侍講學士，致仕歸。

（2）西湖：湖名。以西湖名者甚多，多以其在某地之西為義。此句
　　　西湖當指位於浙江杭州城西者，北宋詩人林逋結廬於西湖之孤
　　　山，種梅養鶴，後代詠梅多以其為典。漢時稱明聖湖，唐後始
　　　稱西湖。

（3）**金衣相映玉肌膚**：金衣，指黃色的鳥羽。唐吳融〈鴛鴦〉：「翠
翹紅頸覆金衣，灘上雙雙去又歸。」

　　玉肌膚，猶言玉容，指花瓣。宋蘇軾〈紅梅〉之一：「寒心未肯
隨春態，酒暈無端上玉肌。」

（4）**不妨**：非常，很。《敦煌變文集‧醜女緣起》：「門前有一兒郎，
性行不妨慈善。」

（5）**花主**：指賞花者。唐白居易〈花前嘆〉：「南州桃李北州梅，且
喜今年作花主。」

（6）**林逋**：參見李俊民〈洞仙歌〉（隴頭瀟灑），注（7）。林逋愛梅，
亦寫了不少梅的詩詞，後人常將自己愛梅心情、賦梅之作對比
林逋。

（7）**冰蕤雪萼正敷腴**：冰蕤、雪萼皆指白梅。並將梅花擬人化，花
主作詩吟詠梅花，梅花因而歡喜不已。

　　冰蕤：白花。宋朱熹〈末利〉：「密葉低層幄，冰蕤亂玉英。」

　　雪萼，雪花，亦借指白花，宋孫光憲〈望梅花〉：「數枝開與短
牆平，見雪萼、紅跗相映。」

　　敷腴，喜悅貌。南朝宋鮑照〈擬行路難〉之五：「人生苦多歡樂
少，意氣敷腴在盛年。」

五十九、朱晞顏[(1)]〈一萼紅〉　　《全金元詞》頁 857

盆梅

玉堂深。正重簾護暝，窗色試新晴[(2)]。苔暖鱗生，泥融脈
起，春意初破瓊英[(3)]。夜深後、寒消絳蠟，誤碎月[(4)]、和露落
空庭[(5)]。暖吹調香，冷芳侵夢，一餉消凝[(6)]。　　長恨年華婉
晚，被柔情數曲，抵死牽縈[(7)]。何事東君，解將芳思，巧綴一
斛春冰[(8)]。那得似、空山[(9)]靜夜，傍疏籬、清淺小溪橫。莫問
調羹心事[(10)]，且論笛裏半生。

注解：

（1）朱晞顏：生卒年不詳。字景淵，長興（今屬浙江）人。初爲平
　　　陽州蒙古掾，又曾爲長林丞、江西瑞州監稅，以郡邑小吏終其
　　　身。著有《瓢泉吟稿》五卷。詞存集中，朱祖謀《彊村叢書》
　　　輯爲《瓢泉詞》一卷，凡四十首。

（2）**玉堂深。正重簾護暝，窗色試新晴**：玉堂深邃，重重的簾幕遮
　　　蓋玉堂，使得玉堂內顯得昏暗，窗外卻是一片晴朗。
　　　玉堂，玉飾的殿堂，或泛指宮殿，或指豪貴的宅第。唐張九齡
　　　〈詠燕〉：「豈知泥滓賤，祇見玉堂開。」
　　　重簾，一層層簾幕。唐溫庭筠〈菩薩蠻〉：「夜來皓月纔當午，
　　　重簾悄悄無人語。」
　　　護，遮蔽，掩蓋。《樂府詩集・橫吹曲辭五・捉搦歌》：「粟穀難
　　　舂付石臼，弊衣難護付巧婦。」
　　　暝，昏暗。宋陸游〈風雲晝晦夜遂大雪〉：「草木盡偃伏，道路
　　　暝不分。」
　　　新晴，天剛放晴。晉潘岳〈閑居賦〉：「微雨新晴，六合清朗。」

（3）**苔暖鱗生，泥融脈起，春意初破瓊英**：春回日暖，萬物開始活
　　　動，如鱗片狀的苔蘚有了生機、泥土下的生物開始活動、梅花
　　　也綻放芳姿。
　　　瓊英，喻美麗的花。唐柳宗元〈新植海石榴〉：「糞壤擢珠樹，
　　　莓苔插瓊英。」
　　　破，綻開，開放，唐韓愈〈薦士〉：「霜風破佳菊，嘉節破吹帽。」

（4）**碎月**：花叢下細碎的月光。唐王建〈唐昌觀玉蕊花〉：「女冠夜
　　　覓香來處，唯見階前碎月明。」

（5）**空庭**：幽寂的庭院。南朝宋謝靈運〈齋中讀書〉：「虛館絕諍訟，
　　　空庭來鳥雀。」

（6）**一餉消凝**：一餉，用同「晌」。一會兒。唐韓愈〈醉贈張秘書〉：
　　　「難得一餉樂，有如聚飛蚊。」

消凝，消魂，凝神。謂因傷感而出神。宋柳永〈夜半樂〉(豔陽天氣)：「對此嘉景，頓覺消凝，惹成愁緒。」

（7）**長恨年華婉晚，被柔情數曲，抵死牽縈**：恨春天太晚到，魂牽夢縈著春天柔情。年華，春光。唐張嗣成〈春色滿皇州〉：「何處年華好，皇州淑氣勻。」婉晚，遲暮。唐張說〈送高唐州〉：「淮流春婉晚，汝海路蹉跎。」

柔情，溫柔的感情。三國魏曹植〈洛神賦〉：「柔情綽態，媚於語言。」

曲，細事，小事。《禮記‧中庸》：「其次致曲。」鄭玄注：「曲猶小小之事也。」

抵死，終究，畢竟。宋辛棄疾〈沁園春〉(三徑初成)：「甚雲山自許，平生意氣，衣冠人笑，抵死塵埃。」

（8）**巧綴一斛春冰**：綴，裝飾；點綴。《韓非子‧外儲說左上》：「楚人有賣其珠於鄭者，為木蘭之櫃，薰以桂椒，綴以珠玉，飾以玫瑰，輯以翡翠。」

一斛，量詞。古代一斛為十斗，南朝宋改為五斗。陸龜蒙〈奉和襲美酒中十詠之酒泉〉：「味既敵中山，飲寧拘一斛。」

春冰，春日之冰。唐元稹〈雜憶〉：「春冰消盡碧波湖，漾影殘霞似有無。」

（9）**空山**：幽深少人的山林。唐韋應物〈寄全椒山中道士〉：「落葉滿空山，何處尋行迹。」

（10）**調羹**：《書‧說命下》：「若作和羹，爾惟鹽梅。」后因以調羹喻治理國家政事。宋趙善括〈醉蓬萊〉魏相國生日：「補衮工夫，調羹手段，如今重試。」

六十、虞集⁽¹⁾ □□□　《全金元詞》頁 861

題梅花寒雀圖

殘雪晚⁽²⁾。窗外幽禽⁽³⁾小。春聲初動苔枝裊⁽⁴⁾。花落知多少⁽⁵⁾。　　春起早⁽⁶⁾。苦被東風惱。綠陰青子歸來早⁽⁷⁾。滿徑生芳草⁽⁸⁾。

注解：

（1）**虞集**：字伯生，號道園。祖籍仁壽（今屬四川）人，遷居撫州崇仁（今江西崇仁）。大德六年荐授大都路儒學教授，歷國子助教、博士，遷集賢修撰。延祐六年，除翰林待制兼國史院編修官，丁憂歸。泰定初召爲國子司業，遷秘書少監。文宗立，官奎章閣待書學士，修《經世大典》，累爲同列所忌。文宗卒，即謝病歸。《元史》卷一八一有傳。著有《道園學古錄》五十卷，《道園遺稿》六卷。朱祖謀《彊村叢書》輯有《道園樂府》一卷，凡三十首。其詞清雋流麗。虞集生卒年，張子良；唐圭璋；馬興榮等皆作 1272 年～1348 年。

（2）**晚**：接近終了，一個時期的後一段。〈古詩十九首‧行行重行行〉：「思君令人老，歲月忽已晚。」

（3）**幽禽**：鳴聲幽雅的禽鳥。唐賈島〈光州王建使君水亭作〉：「極浦清相似，幽禽到不虛。」

（4）**春聲初動苔枝裊**：春天到，春風吹拂苔枝，萬物甦醒。

春聲，春天的聲響。如春水流響、春芽坼裂和禽鳥鳴轉等。唐元稹〈和樂天早春見寄〉：「雨香雲淡覺微和，誰送春聲入棹歌。」

苔枝，生苔的樹枝。宋姜夔〈疏影〉：「苔枝綴玉，有翠禽小小，枝上同宿。」

裊，同嫋。搖曳；顫動。唐張仲素〈春閨思〉：「裊裊城邊柳，青青陌上桑。」

（5）花落知多少：取自孟浩然〈春曉〉：「夜來風雨聲，花落知多少。」
　　成句。

（6）春起早：春天不久就走了。此句將春天的季節變化擬人化。
　　起早，很早就起身。宋陸游〈自山中夜行還湖上〉：「荒雞起早
　　忽再唱，北斗低盡餘三星。」

（7）**綠陰青子歸來早**：梅子很早就結實，形成有如綠蔭般。此句與
　　前句苦被東風惱，化用自杜牧〈惜情〉：「狂風落盡深紅色，綠
　　葉成蔭子滿枝。」
　　青子，指梅實。宋陸游〈園中賞梅〉：「熨眼紅苞初報信，回頭
　　青子又生仁。」
　　歸來，回來。《楚辭・招魂》：「魂兮歸來，反故居些。」

（8）**芳草**：香草。漢班固〈西都賦〉：「竹林果園，芳草甘木。郊野
　　之富，號爲近蜀。」

六十一、王結⁽¹⁾〈蝶戀花〉　　《全金元詞》頁 876

戲題梅圖

江上路，春意到橫枝⁽²⁾。洛浦神仙臨水立，巫山處子入宮
時。皎皎澹豐姿⁽³⁾。　　東閣興，幾度誤佳期⁽⁴⁾。萬里盧龍今
見畫，玉容還似減些兒。無語慰相思⁽⁵⁾。

注解：

（1）王結：字儀伯，祖王逖勤從成吉思漢西征，娶阿魯渾氏，自西
　　域遷戍中山，遂爲中山（今河北定州）人。王結立言制行，皆
　　法古人，故相張珪曰：「王結，非聖賢之書不讀，非仁義之言不
　　談。」識者以爲名言。官至中書左丞。傳見《元史》卷一七八。
　　著有《王文忠公集》六卷。朱祖謀《彊村叢書》輯有《王文忠
　　祠》一卷，凡十三省。《全金元詞》據《永樂大典》補一首。王
　　結生卒年，張子良作 1277 年～1348 年；唐圭章、馬興榮等作

1275 年～1336 年。

（2）**江上路，春意到橫枝**：江岸路旁，梅花綻放，盡現春意。

江上，江岸上。南朝宋鮑照〈發後渚〉：「江上氣早寒，仲秋始霜雪。」

橫枝，形容梅花枝幹橫斜之樣，另有一說，以爲橫枝當指梅花品種之一。宋姜夔〈卜算子〉梅花八詠：「綠萼更橫枝，多少梅花樣。」夏承燾等校：「綠萼，橫枝，皆梅的別種。」

（3）**洛浦神仙臨水立，巫山處子入宮時。皎皎澹豐姿**：將梅花比喻爲洛浦神仙、巫山處子，有著潔白的肌膚，與澹雅之姿。

洛浦神仙，北魏酈道元《水經注·洛水》：「昔王子晉好吹鳳笙，招延道士，與浮丘同游伊洛之浦，含始又受玉雞之端於此水，亦洛神宓妃之所在也。」唐溫庭筠〈蓮花〉：「應爲洛神波上韈，至今蓮蕊有香塵。」

巫山處子，即巫山神女。相傳赤帝之女名姚姬，未嫁而卒，葬於巫山之陽，楚懷王遊高唐，晝寢，夢與神相遇，自稱巫山之女。後人附會，爲之立像，稱爲巫山神女。戰國楚宋玉〈高唐賦〉：「昔者先王嘗遊高唐，怠而晝寢，夢見一婦人，曰：『妾，巫山之女也，爲高唐之客，聞君遊高唐，願薦枕席。」

處子，猶處女。《莊子·逍遙遊》：「藐姑射之山，有神人居焉，肌膚若冰雪，綽約若處子。」

皎皎，潔白貌、清白貌。《詩·小雅·白駒》：「皎皎白駒，在彼空谷。」

澹，恬淡、淡泊。《莊子·知北游》：「澹而靜乎！漠而清乎！」

豐姿，風度姿態。《太平廣記》卷三三一引唐牛肅《紀聞·道德里書生》：「有貴主，年二十餘，豐姿絕世。」

（4）**東閣興，幾度誤佳期**：東閣的梅花已開，卻幾度誤了賞花的好時光。

東閣，閣名。指東亭。杜甫〈和裴迪登蜀州東亭送客逢早梅相

憶見寄〉：「東閣官梅動詩興，還如何遜在揚州。」仇兆鰲注：
「東閣，指東亭。」故址在今四川省崇慶縣東。或指款待賓客
之所。

　　佳期，美好的時光。多指同親友重晤或故地重遊之期。南朝齊
謝朓〈晚登三山還望京邑〉：「佳期悵何許，淚下如流霰。」

（5）**萬里盧龍今見畫，玉容還似減些兒。無語慰相思。**：今日在畫
中見到梅花，玉容似乎消瘦了些，默默無語告慰思念之情。

　　盧龍，或稱山名、水名、縣名、寨名、鎮名。如自熱河省圍場
縣之七老圖嶺起，蜿蜒出入於長城內外，東接山海關北之松嶺，
通稱盧龍山脈。此處應指畫中之一景。

　　玉容，美稱女子的容貌。此處用指梅花美貌如同美人。晉陸機
〈擬西北有高樓〉：「玉容誰得顧，傾城在一彈。」

六十二、周權[1]〈滿江紅〉　　《全金元詞》頁879

　　葉梅友八十[2]

　　試問梅花，自逋仙[3]後知音多少。還又向、石林[4]深處，
結清邊友。心事歲寒[5]元不改，一生清白堪同守。歷冰霜、老
硬越孤高，精神好。　　心太極，天機早[6]。閒共索，巡檐笑
[7]。只消他香影，都吟不了[8]。五蕊三花纏衍數，從頭祇數花
為壽，管年年、南極照南枝[9]，杯中酒。

注解：

（1）**周權**：字衡之，號此山，松楊（今屬浙江）人。嘗游京師，受
　　知於翰林學士袁桷，荐為館職，報罷。與趙孟頫、虞集、揭傒
　　斯、陳旅、歐陽玄等唱和，詩名日起。傳見《新元史》卷二三
　　八。著有《此山集》四卷，朱祖謀《彊村叢書》輯有《此山先
　　生樂府》一卷，凡三十四首。生卒年不詳。

（2）**葉梅友八十**：與眼前此株葉梅為友已經結交八十載。

葉梅，宋范成大《梅譜》：「重葉梅。花頭甚豐，葉重數層，盛
開如小白蓮，梅中之奇品。花房獨出，而結實多雙，尤爲瑰異。
極梅之變，化工無餘巧矣。近年方見之。蜀海棠有重葉者，名
蓮花海棠，爲天下第一，可與此梅作對。」

友，結交，《論語‧學而》：「無友不如己者。」

（3）逋仙：即林逋。參見李俊民〈洞仙歌〉（隴頭瀟灑），注（7）。
林逋愛梅，亦寫了不少梅的詩詞。

（4）石林：岩石間之險路，與林木深處也。左思〈吳都賦〉：「雖有
石林窅堮，請攘臂而靡之。」

（5）歲寒：喻忠貞不屈的節操（或品行）。唐白居易〈除忠州寄謝崔
相公〉：「感舊兩年行老淚，酬恩一寸歲寒心。」

（6）心太極，天機早：葉梅本來具有原始混沌的太極心，純粹自然
的靈性。

太極，古代哲學家稱最原始的混沌之氣。謂太極運動而分化出
陰陽，由陰陽而產生四時變化，繼而出現各種自然現象，是宇
宙萬物之原。《易‧繫辭上》：「易有太極，是生兩儀，兩儀生四
象，四象生八卦。」孔穎達疏：「太極謂天地未分之前，元氣混
而爲一，即是太初、太一也。」唐陳子昂〈感遇詩〉三十八首
之一：「太極生天地，三元更廢興。」

天機，猶靈性。謂天賦靈機。《莊子‧大宗師》：「其耆欲深者，
其天機淺。」

早，猶本也，已也。秦觀〈阮郎歸〉（退花新綠漸團枝）：「日長
早被酒禁持。那堪更別離。」

（7）閒共索，巡檐笑：巡檐求索梅花笑。化用唐杜甫〈舍弟觀赴蘭
田取妻子到江陵喜寄三首〉之二：「巡檐索共梅花笑，冷蕊疏枝
半不禁。」

（8）只消他香影，都吟不了：只要吟詠梅花的香、影，恐怕都未必
能吟詠出梅花的自然靈性。

只消，只要；只須。宋范成大〈早衰〉：「晚景只消如此過，不
堪拈出教兒童。」

(9)　**管年年、南極照南枝**：每年南極星都會照著此株葉梅，祝福葉
梅永遠長壽。

管，不管、無論。宋范成大〈綠萼梅〉：「貪看修竹忘歸路，不
管人間日暮寒。」

年年，每年。唐羅隱〈橫吹曲辭〉隴頭水：「借問隴頭水，年年
恨何事？」

南極，星名。即南極老人星。舊時以此星爲主壽，故常用於祝
壽時稱頌主人。《史記・天官書》：「狼比地有大星，曰南極老人。
老人見，治安；不見，兵起。」張守節正義：「老人一星，在弧
南，一曰南極，爲人主占壽命延長之應。常以秋分之見於曙景，
春分之夕見於丁。見，國長命，故謂之壽昌，天下安寧；不見，
人主憂也。」唐李白〈與諸公送陳郎將歸衡陽〉：「衡山蒼蒼入
紫冥，下看南極老人星。」

南枝，借指梅花。參見蔡松年〈念奴嬌〉（倦游老眼），注（12）。

六十三、王旭 [(1)] 〈踏莎行〉　　《全金元詞》頁 884

雪中看梅花

兩種風流，一家制作 [(2)]。雪花全似梅花萼，細看不是雪無
香，天風吹得香零落 [(3)]。　　　雖是一般，惟高一著。雪花不似
梅花薄 [(4)]。梅花散彩向空山 [(5)]，雪花隨意穿簾幕 [(6)]。

注解：

(1)　王旭：字景初，號蘭軒，東平（今屬山東）人。家貧力學，教
授四方，曾至揚州、杭州、南昌、長沙，游跡頗廣。《元史》無
傳。著有《蘭軒集》十六卷，朱祖謀《彊村叢書》輯有《蘭軒
詞》一卷。王旭生卒年，張子良作 1277 年～1336 年；唐圭璋

未注明；馬興榮等以爲生卒年不詳。

（2）**兩種風流，一家制作**：雪花與梅花各有風韻，相同的是兩者皆顏色潔白，使得梅花似雪花，雪花似梅花。

　　風流，參見張之翰〈太常引〉（幽香拍塞滿比鄰），注（5）。

　　制作，樣式。舊題柳宗元《龍城錄・上帝追攝王運知〈易總〉》：「暝霧中一老人下，身所衣服，但認青翠，莫識其制作也。」

（3）**雪花不似梅花薄**：雪花片片飄下，不似梅花細薄，飄向空山。

（4）**細看不是雪無香，天風吹得香零落**：此句化用王安石〈梅花〉詩：「遙知不是雪，爲有暗香來。」

（5）**空山**：幽深少人的山林。唐韋應物〈寄全椒山中道士〉：「落葉滿空山，何處尋行迹。」

（6）**簾幀**：同簾幕。用於門窗外的簾子與帷幕。唐杜牧〈題宣州開元寺水閣〉：「深秋簾幕千家雨，落日樓臺一笛風。」

六十四、張埜 ⁽¹⁾ 〈鵲橋仙〉　　《全金元詞》頁 901

詠梅贈人

瓊枝纖弱，瑤英嬌小。占得江南春早⁽²⁾。前村雪裡欲開時，料未必、東君知道⁽³⁾。　　芳心一點，幽香多少⁽⁴⁾。幾度被花相惱。隴頭人去早歸來⁽⁵⁾，莫直待、春殘鶯老。

注解：

（1）**張埜**：字埜夫，號古山，邯鄲（今屬河北）人。張之翰子，歷官翰林修撰。工詞。侯文燦《十名家詞》本、江標《宋元名家詞》本《古山樂府》俱作一卷，吳納《唐宋名賢百三名家詞》本、朱祖謀《彊村叢書》俱作一卷。生卒年不詳。

（2）**瓊枝纖弱，瑤英嬌小。占得江南春早**：梅花枝幹纖細，花朵皎潔如玉，早春之際，最先在南方綻放。

　　瓊枝，喻嘉樹美卉。唐王涯〈望禁門松雪詩〉：「金闕晴光照。

瓊枝瑞色封。」

瑤英，玉之至美者，又作瑤瑛。此處應形容梅花如玉。張協〈七命〉：「錯以瑤英，鐫以金華。」

占，處在某種地位或屬於某種情況。唐韓愈〈胡良公墓神道碑〉：「凡一試進士，二即吏部選，皆以文章占上第。」

（3）前村雪裡欲開時，料未必、東君知道：梅花早開，說不定連東君都不知道。化用五代齊己〈早梅〉，詠早梅初傳春信。五代齊己〈早梅〉詩：「前村深雪裡，昨夜一枝開。」

東君：司春之神，《尚書・緯》：「春為東皇，又為青帝。」

（4）芳心一點，幽香多少：花蕊雖小，卻散發濃濃香氣。

芳心，指花蕊。俗稱花心。宋蘇軾〈岐亭道上見梅花戲贈季常〉：「數枝殘綠風吹盡，一點芳心雀啅開。」

幽香，清淡的香氣。亦謂香氣清淡。唐溫庭筠〈東郊行〉：「綠渚幽香生白蘋，差差小浪吹魚鱗。」

多少，猶多，許多。唐杜牧〈江南春〉：「南朝四百八十寺，多少樓臺煙雨中。」

（5）隴頭人去早歸來：期盼隴頭人早日歸來，寄託著深刻的友情。

隴頭，隴山，借指邊塞。南朝宋陸凱〈贈范曄〉詩：「折花逢驛使，寄與隴頭人。」

六十五、張埜〈江城子〉 《全金元詞》頁 902

和元復初[1]賦玄圃[2]梅花

雪迷幽徑月迷津[3]。水南村。竹閒門[4]。惟有天寒，翠袖伴朝昏[5]。玄圃移根來萬里，空怨殺，楚江雲。玉堂深處護仙真[6]。怕京塵[7]。染芳魂[8]。一種清香，占斷[9]百花春。只恐東君偏愛惜，桃與李，卻生瞋[10]。

注解：

（1）元復初：元明善（1269～1322），字復初，大名清河人。弱冠游吳中，有文名，薦充安豐、建康兩路學正，歷行院令史、江西省掾，累遷中書左曹掾，坐誣免。仁宗居潛邸，選爲太子文學，仁宗即位，遷翰林待制，歷陞直學士、侍講學士，改禮部尚書，遷翰林侍讀，出爲湖廣參政。英宗立，授翰林學士，至治二年卒，年五十四。諡文敏。撰有龍虎山志三卷。明善工古文，與姚燧齊名，集久佚，清末繆荃孫嘗輯其遺文。

（2）玄圃：魏晉南北朝時洛陽、建康宮中園名，時做講經之處。《梁書・簡文帝紀》：「高祖所製《五經講疏》，（簡文帝）嘗於玄圃奉疏，聽者傾朝野。」

（3）雪迷幽徑月迷津：迷，迷戀；沉迷。漢張衡〈思玄賦〉：「羨上都之赫戲兮，何迷故而不忘。」
幽徑，亦作幽逕。僻靜的小路。唐韋應物〈早春對雪寄前殿中元侍御〉：「掃 雪開幽徑，端居望故人。」

（4）竹開門：竹門，竹製的門。唐周賀〈春喜友人至山舍〉：「鳥鳴春日曉，喜見竹開門。」
開：亦作間。

（5）惟有天寒，翠袖伴朝昏：化用唐杜甫〈佳人〉：「天寒翠袖薄，日暮倚修竹。」言梅花品格高潔。

（6）玉堂深處護仙眞：此句將是栽種梅花的園林比作神仙居處。並將梅花擬爲仙人。
玉堂，神仙的居處。左思〈吳都賦〉：「玉堂對霤，石室相距。」劉逵注：「玉堂石室，仙人居也。」
仙眞，道家稱昇仙得道之人。唐李白〈上雲樂〉：「生死了不盡，誰明此胡是仙眞？」

（7）京塵：亦作京洛塵、京雒塵。晉陸機〈爲顧彥先贈婦〉之一：「京洛多風塵，素衣化爲緇。」后以京洛塵比喻功名利祿等塵俗之事。

（8）**芳魂**：美人的魂魄。唐劉禹錫〈和樂天題眞娘墓〉：「芳魂雖死
　　　人不怕，蔓草逢春花自開。」

（9）**占斷**：全部占有，占盡。唐吳融〈杏花〉：「粉薄紅輕掩斂羞，
　　　花中占斷盡風流。」

（10）**生瞋**：瞋，生氣、惱火。唐拾得〈詩四十九〉：「見佛不解禮，
　　　睹僧倍生瞋。」

六十六、張雨⁽¹⁾〈燭影搖紅〉　　《全金元詞》頁 911

紅梅

休擊珊瑚⁽²⁾，怕驚**幺鳳**⁽³⁾枝頭睡。看花猶自未分明，雪在
空原作雲，從西泠詞萃改堵砌。步障齊奴故里⁽⁴⁾。僅一幅、仙
人絳袂。妍丹吮粉，擬覓生綃，芳心難寄⁽⁵⁾。　　姑射肌膚⁽⁶⁾，
朝霞散人春風髓⁽⁷⁾。石橋冰酒影娥⁽⁸⁾閒，略約相逢地。錯妒嫣
然嫵媚。奈兒家⁽⁹⁾、天寒翠被⁽¹⁰⁾。碧桃⁽¹¹⁾和露，聽徹吹笙，
綠珠羞墜⁽¹²⁾。

注解：

（1）**張雨**：原名澤之，字伯雨，一字天雨，錢塘（今杭江杭州）人。
　　　宋崇國公張九成之后，棄家爲道士。傳見《新元史》卷二三八。
　　　著有《句曲外史集》七卷，《玄品錄》五卷，《貞居詞》一卷，
　　　屬鶚稱其「詞翰高絕」，樂章氣韻不凡。張雨生卒年，張子良作
　　　1277 年～1348 年；唐圭璋作 1277 年～1350 年；馬興榮等作 1283
　　　年～1350 年。

（2）**珊瑚**：指珊瑚珠，用珊瑚制成的珠。古代天子、百官用作冠飾。
　　　《晉書・輿服志》：「後漢以來，天子之冕。前後旋用眞白玉珠。
　　　魏明帝好婦人之飾，改以珊瑚珠。」

（3）**幺鳳**：參見〈謁金門〉（頻點檢），注（3）。

（4）**步障齊奴故里**：作者想像自己置身於晉石崇建築的園林中。

步障，亦作布鄣。用以遮蔽風塵或視線的一種屏幕。三國魏曹植〈妾薄命〉之二：「華燈步障舒光，晈若日出扶桑。」

齊奴：晉石崇小名。《晉書・石崇傳》：「崇字季倫，生於青州，故小名齊奴。」

故里，故鄉，家鄉。南朝梁江淹〈別賦〉：「視喬木兮故里，決北梁兮永辭。」

（5）**妍丹吮粉，擬覓生綃，芳心難寄**：眼前所見的紅梅，彷彿是抹粉施脂的美人，欲尋覓生綃將她畫下，但是美人芳心又能寄託於誰呢？

生綃，未漂煮過的絲織品，古時多用以作畫，因亦以指畫卷。唐韓愈〈桃源圖〉：「流水盤迴山百轉，生綃數幅垂中堂。」

芳心，指花蕊。俗稱花心。此句應更一步用指美人的芳心。宋蘇軾〈岐亭道上見梅花戲贈季常〉：「數枝殘綠風吹盡，一點芳心雀啅開。」

（6）**姑射肌膚**：《莊子・逍遙遊》：「藐姑射之山，有神人居焉，肌膚若冰雪，綽約若處子。」此處用指女子純淨潔白的肌膚。

（7）**朝霞散人春風髓**：散人，《莊子・人間世》：「且予求無所可用久矣，幾死，乃今得之，爲予大用。使予也而有用，且得有此大也耶？且也若與予也皆物也，奈何哉其相物？而幾死之散人，又惡知散木！」莊子把大而不材的樹稱爲散木，把對人世無用的人稱爲散人。后世一些閒散不爲世用的清高之士遂自稱散人。

春風髓，與春風面應有異曲同工之妙。春風面用以比喻美麗的容貌。唐白居易〈贈言〉：「況君春風面，柔促如芳草。」

髓，骨中的凝髓。唐白居易〈與楊虞卿書〉：「去年六月，盜殺右丞相於通懷衢中，迸腦髓。」

（8）**影娥**：漢代未央宮中池名。本鑿以玩月，后以指清澈鑒月的水池。唐上官儀〈詠雪應詔〉：「花明樓鳳閣，珠散影娥池。」

（9）**碧桃**：桃樹的一種，花重瓣，不結實，供觀賞和藥用。唐高蟾

〈下第後上永崇高侍郎〉：「天上碧桃和露種，日邊紅杏倚雲栽。」

（10）兒家：古代青年、女子的自稱。唐寒山〈詩三百三十三首〉之
　　　二十三：「兒家寢宿處，繡被滿銀床。」

（11）翠被：織（或繡）有翡翠紋飾的被子。南朝梁簡文帝〈紹古歌〉：
　　　「網戶珠綴曲瓊鉤，芳茵翠被香氣流。」

（12）綠珠：綠珠墜樓，指晉石崇愛妾綠珠被強暴所逼墜樓而死之事。
　　　此句以綠珠之事以喻梅花凋謝飄落，並喻梅品高潔。《晉書・石
　　　崇傳》：「時趙王倫專權，崇甥歐陽建與倫有隙。崇有妓曰綠珠，
　　　美而豔，善吹笛，孫秀使人求之。崇時在金谷別館，方登涼臺，
　　　臨清流，婦人侍側。使者以告……崇竟不許。秀怒，乃勸倫誅
　　　崇建。崇、建亦潛知其計，乃與黃門郎潘岳陰勸淮南王允、齊
　　　王冏以圖倫秀。秀覺之，遂矯詔收崇及潘岳、歐陽建等。崇正
　　　宴於樓上，介士到門。崇謂綠珠曰：「我今為爾得罪。」綠珠泣
　　　曰：『當效死於官前。因自投於樓下而死。』」

六十七、張雨〈獅兒詞〉　　《全金元詞》頁 913

賦梅

含香弄粉[1]，便句引[2]、游騎尋芳，城南城北。別有西邨、
斷港冰澌[3]微綠。孤山路熟。伴老鶴、晚年尋宿。怕凍損、三
花兩蕊，寒泉幽谷。　　　幾番花陰濯足[4]。記得歸來醉臥，雪
深平屋[5]。春夢無憑，鬢底鬧娥急撲。不如圖畫，相對展、官
奴風竹[6]。燒黃獨[7]。自聽瓶笙調曲[8]。

注解：

（1）含香弄粉：古代婦女銜香於口以增芬芳之氣。此處將梅花擬人
　　　化，形容梅花如美人含香弄粉般裝扮著自己，以吸引人們來欣
　　　賞。

　　　含香，宋辛棄疾〈瑞鶴仙〉賦梅：「想含香弄粉，豔妝難學。」

　　弄粉，謂以脂粉飾容。宋周邦彥〈丹鳳吟〉：「弄粉調珠柔素手，
　　問何時重握。」

（2）句引：引誘。宋蘇軾〈南歌子〉：「怕被楊花句引、嫁東風。」

（3）**斷港冰澌微綠**：春回大地，天氣漸漸回暖，河水也解凍了，河
　　畔景物也逐漸顯露生機。

　　斷港，同別的水流不相通的港漢。唐韓愈〈送王秀才序〉：「道
　　於楊、墨、老莊、佛之學。而欲之聖人之道，猶航斷港絕潢以
　　望至於海。」

　　冰澌，解凍時流動的水。宋周邦彥〈南鄉子〉：「自在開簾風不
　　定，颸颸，池面冰澌趁水流。」

（4）幾番花陰濯足：花下賞花，有如滄浪之水濯足般足以洗滌心靈。
　　花陰，為花叢遮蔽而不見日光之處。唐鄭谷〈寄贈孫路處士〉：
　　「酒醒蘚砌花陰轉，病起漁舟鷺跡多。」

　　濯足，語出《孟子‧離婁上》：「滄浪之水清兮，可以濯我纓；
　　滄浪之水濁兮，可以濯我足。」本謂洗去腳汙，后以濯足比喻
　　清除世塵，保持高潔。

（5）平屋：平房。宋徐熙〈高山寺晚望〉：「小波重疊無平屋，四月
　　陰寒上裌衣。」

（6）官奴風竹：官奴，晉王獻之的小字，相傳其父王羲之曾手書〈樂
　　毅論〉一篇，付與他學習書法，篇末題末「書付官奴」字樣，
　　事見《宣和書譜》卷十六。也有一說，官奴為右軍之女小字，
　　而非獻之，見世彩堂本《柳河東集》卷四二所附劉禹錫〈酬柳
　　柳州家雞之贈〉詩注。后以官奴借指字帖。

　　風竹，風吹拂之竹。此句應該是指畫上之景。杜甫〈奉漢中王
　　手扎〉：「天雲浮絕壁，風竹在華軒。」

（7）**黃獨**：植物名。唐杜甫〈乾元中寓居同谷縣作歌〉之二：「黃獨
　　無苗山雪盛，短衣數挽不掩脛。」仇兆鰲注：「又曰：『黃獨，
　　狀如芋子，肉白皮黃，蔓延生，葉似蘿摩，梁漢人蒸食之，江

東謂之土芋。』」陳藏器《本草》:「黃獨,遇霜雪,枯無苗,蓋蹲鴟之類。」蔡夢弼引別注云:「黃獨,歲飢士人掘以充糧,根惟一顆而色黃,故謂之黃獨。」宋范成大〈古風送南卿〉:「梁肉豈不珍,瀹雪煮黃獨。」

(8)瓶笙調曲:古時以瓶煎茶,微沸時發音如吹笙,故稱。宋蘇軾〈瓶笙〉詩引:「劉幾仲餞飲東坡,中觴聞笙簫聲……出於雙瓶,水火相得,自然吟嘯,蓋食傾乃己。坐客驚嘆,得未曾有。請做〈瓶笙〉詩記之。」

六十八、張雨〈柳梢青〉　　《全金元詞》頁917

題揚補之[(1)]墨梅

面目冰霜。逃禪正派,只讓花光[(2)]。怪底徐卿,為渠描貌,縈損柔腸[(3)]。　　有誰步屧[(4)]長廊。更折竹、聲中細香。酒半醒時,雪晴[(5)]寒夜,月上西窗。

注解:

(1)**揚補之**:南宋楊補之,字無咎,號逃禪老人。

(2)**面目冰霜。逃禪正派,只讓花光**:楊補之的墨梅畫作承襲花光一派。面目,比喻事物呈現的景象、狀態。宋蘇軾〈題西林壁〉:「不識廬山眞面目,只緣身在此山中。」

冰霜,原指冰和霜,此處指用圈白花頭的方式畫梅。

正派,猶正統。指學業、技藝等的一脈相傳的嫡系。宋李曾伯〈水調歌頭〉:「傳得丹溪正派,更是平庵宅相,夷路早蜚英。」。

花光,或作華光,爲北宋末年禪僧釋仲仁。花光,或爲山名,或爲寺名。元·夏文彥《圖繪寶鑑·宋》卷三曰:「釋仲仁,會稽人,住衡州花光山,以墨暈作梅,如花影然,別成一家,所謂寫意者也。」

(3)**怪底徐卿,爲渠描貌,縈損柔腸**:對於徐熙畫法感到詫異。

怪底，亦作怪得。驚疑、驚怪之義。唐杜甫〈奉先劉少府新畫山水障歌〉：「堂上不合生楓樹，怪底江上起煙霧。」

徐卿，為南唐畫家。工畫花木禽鳥，妙奪造化。

縈損，愁思鬱結而憔悴。宋歐陽修〈怨春郎〉：「惱愁腸，成寸寸。已恁莫把人縈損。」

（4）**步屧**：行走、漫步。《南史·袁粲傳》：「（袁粲）又嘗步屧白楊郊野間，道遇一士大夫，便呼與酣飲。」

（5）**雪晴**：雪止天晴。唐戴叔倫〈轉應詞〉：「山南山北雪晴，千里萬里月明。」

六十九、洪希文 [1]〈洞仙歌〉　　《全金元詞》頁 944

早梅

野亭驛路，盡是尋幽客。水曲山隈浩無極 [2]。見松荒菊老，歲宴江空，搖落盡、幾點南枝消息 [3]。　　天寒雲淡，月弄黃昏色。綽約真仙藐姑射 [4]。占得百花頭上，積雪層冰，捱不去，只恁地皚皚白。問廣平心事竟何如？縱鐵石肝腸，也難賦得 [5]。

注解：

（1）**洪希文**：字汝質，號去華山人，典化莆田（今屬福建）人。父德章，宋貢士，初為典化教諭，會兵亂，父子同居萬山中，飯疏食，相倡和，無慍色。朱祖謀《彊村叢書》本《去華山人詞》，收詞十三首。趙萬里《校輯宋金元人詞》本，收詞三十三首。多時序節物，日常閒情。洪希文生卒年，張子良未注明，唐圭章、馬興榮等皆作 1282 年～1366 年。

（2）**水曲山隈浩無極**：此句係形容這群尋幽客為求探得梅花芳蹤，走遍極為廣闊的水區山隈。

無極，無窮盡、無邊際。《左傳·僖公二十四年》：「女德無極，女怨無終。」

（3）**見松荒菊老，歲宴江空，搖落盡、幾點南枝消息**：在歲末之際，已有尋芳雅客欲在水曲山限之間探求南枝消息，松荒菊老，一片蕭瑟之景中，喜見幾點南枝初綻。

歲宴，一年將盡的時候。唐盧象〈送祖詠詩〉：「田家宜伏臘，歲晏子言歸。」

南枝，借指梅花。參見蔡松年〈念奴嬌〉（倦游老眼），注（12）。

（4）**天寒雲淡，月弄黃昏色。綽約眞仙藐姑射**：在天寒暮色之際，但見藐姑山上的綽約仙人飄然而來。此句是將梅花比喻藐姑仙子，以喻梅花的出塵脫俗。前二句兼用杜甫〈佳人〉：「天寒翠袖薄，日暮倚修竹。」與林逋詩二首之一：「疏影橫斜水清淺，暗香浮動月黃昏。」

綽約，柔弱美好貌。《莊子・逍遙遊》：「藐姑射之山，有神人居焉，肌膚若冰雪，綽約若處子。」

眞仙，仙人，《舊唐書・裴潾傳》：「眞仙有道之士，皆匿其名姓。」

藐姑射，亦省稱藐姑。神話中的山名。《莊子・逍遙遊》：「藐姑射之山，有神人居焉，肌膚若冰雪，綽約若處子。」或以爲即古之石孔山，在今山西省臨汾市西。

（5）**問廣平心事竟何如？縱鐵石肝腸，也難賦得**：問廣平，實則問自己，欲效鐵石肝腸的廣平寫〈梅花賦〉以抒胸中心事。

廣平，參見李俊民〈謁金門〉（開未徹），注（3）。

七十、洪希文〈蝶戀花〉　　《全金元詞》頁945

　　蠟梅

　　雪裡江梅標致好[1]。千古詩人，總被橫斜惱[2]。蠟貌梔言愁殺我。道伊曾向孤山過[3]。　　檢點花房開幾朵。錯引山蜂，釀蜜供殘課[4]。三嘆楚騷無可考。梅花已不如芳草。

注解：

（1）雪裡江梅標致好：白雪紛飛，江梅花開，韻致絕佳。向來文人愛詠江梅，因為梅花顏色素淡，又生長於山間水濱之間，具有空谷佳人、隱逸高士的孤高韻絕。

江梅，參見蔡松年〈念奴嬌〉（倦遊老眼），注（3）。

標致，韻致。前蜀貫休〈山居詩〉之六：「鳥外塵中四十秋，亦曾高挹漢諸侯。」

（2）惱：惱人，有撩撥之意。宋王安石〈夜直〉：「春色惱人眠不得，月移花影上欄干。」

（3）蠟貌梔言愁殺我。道伊曾向孤山過：此句妙用蠟貌梔言之典，戲謔自己被蠟梅的花色酷似蜜蠟所惹惱，疑其本有花色是否真得如此深黃？抑或是蜜蠟偽裝之？然而蠟梅彷彿在訴說自己到過林逋隱居的孤山，以證明自己也曾是愛梅的林逋所喜愛的梅種之一。

蠟貌梔言，亦作梔貌蠟言。唐柳宗元《鞭賈》載，有富家子以五萬錢購一鞭，謂以巨款購此鞭，為愛其色黃而有光澤，持以誇示於柳。柳命僮僕燒湯洗之，則鞭之色澤盡失，現出枯乾蒼白的本色。乃知「嚮之黃者梔也，澤者蠟也。」因曰：「今之梔其貌，蠟其言，以求賈技於朝，當其分之善。一誤而過其分，則喜；當其分，則反怒，曰：『余曷不至於公卿，然而至焉者亦良多矣！』」后因以梔貌蠟言指偽飾的面貌與言辭。

殺：甚也，亦作煞，表示程度之深。〈古詩十九首‧去者日以疏〉：「白楊多悲風，蕭蕭愁殺人。」

孤山，山名。在浙江杭州西湖中，孤峰獨聳，秀麗清幽。宋林逋曾隱居於此，隱居之地遍植梅花。

過，經過，唐杜甫〈送蔡希魯都尉〉詩：「身輕一鳥過，槍集萬人呼。」

（4）課：巢。宋黃庭堅〈演雅〉：「老鶬銜石宿水飲，蜂趨衙供蜜課。」

七十一、洪希文〈水調歌頭〉　　《全金元詞》頁 945

雪梅

崖谷搖落盡，銀海眩花生[1]。霏霏漾漾，閉門三日斷行人[2]。我欲尋幽無路，但見砌平凹凸，粲粲盡堆瓊[3]。片片勻如翦，散入馬蹄輕[4]。　　梅索笑，竹含貞，酒頻傾。矜香鬥色，鼻塞無孔眼瞠瞠[5]。昔則寒林水墨，今則瑤臺琪樹[6]，奇妙孰能名。起舞歌白雪[7]，聊暢我幽情。

注解：

(1) 銀海眩花生：銀海，道教、醫家稱人的眼睛。宋蘇軾〈雪後書北台壁〉詩之二：「凍合玉樓寒起粟，光搖銀海炫花生。」

(2) 霏霏漾漾，閉門三日斷行人：此句是係指三日大雪紛飛，阻絕了行人尋芳之路。

霏霏，雨雪盛貌。《詩·小雅·采薇》：「今我來思，雨雪霏霏。」

漾漾，飄蕩貌。張耒〈感春〉：「東風漾漾吹朝雨，朝日滿簷春鳥語。」

(3) 我欲尋幽無路，但見砌平凹凸，粲粲盡堆瓊：大雪過後，我遍尋芳縱，只見台階凹凸之處，盡是片片落梅。

砌，台階。南朝宋齊謝朓〈直中書省〉：「紅藥當階翻，蒼苔依砌上。」

粲粲，廣闊貌。宋歐陽修〈桭子〉：「朱欄碧瓦清霜曉，粲粲繁星綠葉間。」

(4) 片片勻如翦，散入馬蹄輕：片片掉落的梅花彷彿用剪刀鉸過般一致，飛散過馬蹄旁是如此輕盈。

翦，用剪刀鉸。唐韓愈〈詠雪贈張籍〉：「片片勻如翦，紛紛碎若挼。」

(5) 矜香鬥色，鼻塞無孔眼瞠瞠：梅花花香撲鼻，絕妙姿態使我感到驚豔。

　　　瞠瞠，張目直視貌。唐陸歸蒙〈中酒賦〉：「意欲問而無問，夢
　　將成而不成；心悄悄，目瞠瞠，愛靜中而人且語，愁曙後而雞
　　已鳴。」

（6）**昔則寒林水墨，今則瑤臺琪樹**：從前此處一片蕭瑟的秋冬之景，
　　只見荒煙枯樹，如今因爲梅花的開放，使得這裏彷彿神仙瑤臺
　　般，盡是玉樹瓊花，成爲人間仙境。

　　　寒林，秋冬的林木。晉陸機〈嘆逝賦〉：「步寒林以悽惻，翫春
　　翹而有思。」

　　　水墨，淺黑色，常形容或借指煙雲。宋范成大〈晚步在東郊〉：
　　「水墨依林寺，青黃負郭田。」

　　　瑤臺，指傳說中的神仙居處。晉王嘉《拾遺記‧崑崙山》：「傍
　　有瑤臺十二，各廣千步，皆五色玉爲臺基。」

　　　琪樹，仙境中的玉樹。唐錢起〈開元觀遇張侍御〉：「更憐琪樹
　　下，歷歷見遙峰。」

（7）**白雪**：古琴曲名。傳爲春秋晉師曠所作。戰國楚宋玉〈諷賦〉：
　　「中有鳴琴焉，臣援而鼓之，爲幽蘭、白雪之曲。」

七十二、許有壬⁽¹⁾〈清平樂〉　　《全金元詞》頁 979

　　瓶梅

　　膽瓶⁽²⁾溫水。一握春如洗⁽³⁾。斗帳怯寒呼不起⁽⁴⁾。嬌滴粉
雲香裏。　　　誰教淺笑輕顰。恰如鏡裡傳神。不用瑤天雪月，
眼前瓊樹常新。⁽⁵⁾

注解：

（1）**許有壬**：字可用，彰德湯陽（今何南湯陽）人。延佑二年進士，
　　授同知遼州事。累擢中書參知政事、御史中丞、集賢大學士、
　　太子諭德、中書左丞。諡文忠。傳見《元史》卷一八二。朱祖
　　謀《彊村叢書》輯《圭塘樂府》四卷，周泳先《唐宋金元詞鉤

沉》據《至正集》卷七九補一首,《全金元詞》共收錄一百七十八首。況周頤《蕙風詞話》卷三曰:「許文忠《圭塘樂府》,元詞中上駟也。」許有壬生卒年,張子良;唐圭璋;馬興榮等皆作 1287 年～1364 年。

(2) **膽瓶**:長頸大腹的花瓶,因形如懸膽而名。宋楊萬里〈寒燈〉:「雙花忽作蜻 蜓眼,孤焰仍懸玉膽瓶。」

(3) **一握春如洗**:指花瓶中的幾枝疏梅清新可人,彷彿剛被雨水洗過。

一握,猶言一把,亦常喻微小或微少。《易·萃》:「若號,一握爲笑。勿恤。」孔穎達疏:「一握者,小之貌也,自比一握之間,言至小也。」

(4) **斗帳怯寒呼不起**:此句係形容斗帳梅花似乎怕寒,而不願全部綻放。

斗帳,當指梅花紙帳。一種由多樣物件組合、裝飾而成的臥具。宋林逋《山家清事·梅花紙帳》:「法用獨牀。旁置四黑漆柱,各掛以半錫瓶,插梅數枝,後設黑漆板約二尺,自地及頂,欲靠以清坐。左右設橫木一,可掛衣,角安斑竹貯一,藏書三四,掛白塵一。上作大方木頂,用細白楮衾作帳罩之。前安小踏牀,於左植綠溪小荷葉一,寬香鼎,燃紫藤香。中只用布單、楮衾、菊枕、蒲褥。」

(5) **不用瑤天雪月,眼前瓊樹常新**:不用向外尋找美景,眼前的瓶梅常新,耐人欣賞。

瑤天,對太空的美稱。宋毛滂〈浣溪沙〉:「半落瓊瑤天又惜,稍浸桃李蝶應 愁。」

瓊樹,樹木的美稱。此處用指瓶梅。唐許稷〈賦得風動萬年枝〉:「瓊樹春偏早,光飛處處宜。」

七十三、許有壬〈清平樂〉 　《全金元詞》頁980

和可行[1]梅竹韻三首之一

平生愛竹。到處縈[2]心田。一日相違人便俗。栽滿水邊茅屋。　誰知歲晚空山[3]。佳人能慰荒寒。莫論和羹結實，且看高節停鑾[4]。

賞

注解：

（1）可行：許有孚，字可行，湯陰人，有壬弟。由國學上舍登至至順元年進士第，授湖廣儒學副是舉，改湖廣行省檢校，至元元年除南臺御史，遷太常院同僉。至正間與有壬父子唱和，成《圭塘欸乃集》二卷。

（2）縈：纏繞、縈繞。宋蘇軾〈次韻正輔同游白水山〉：「此身如線自縈繞，左回右傳隨緇車，」

（3）空山，幽深少人的山林。唐韋應物〈寄全椒山中道士〉：「落葉滿空山，何處尋行迹。」

（4）莫論和羹結實，且看高節停鑾：此句藉以表明自己的節操高潔。和羹，配以不同調味品而制成的羹湯，用以比喻大臣輔助君主綜理國政。《書・說命下》：「若作和羹，爾惟鹽梅。」孔傳：「鹽，鹹；梅，醋。羹須鹹醋以和之。」南朝宋炳《答何衡陽書》：「貝錦以繁采發華；和羹以鹽梅致旨。」

高節，高其節操，堅守高尚情節。《呂氏春秋・離俗》：「高節厲行，獨樂其意，而物莫之害。」

鑾，人君所乘的車，四馬四鑣八鑾，行則鈴聲鑾鳴。唐元方頃〈奉和春日〉之二：「鳳輦迎風乘車閣，鑾車避日轉彤闈。」

七十四、許有壬〈清平樂〉　《全金元詞》頁 980

　　和可行梅竹韻三首之二

　　賞梅觀竹。不暇鑱⁽¹⁾黃獨⁽²⁾。白玉吹香連碧玉⁽³⁾。富殺山人林谷⁽⁴⁾。　　幾年行路艱難。眼明今日重看⁽⁵⁾。便結歲寒心友，休教夢到槐安⁽⁶⁾。

注解：

（1）鑱：掘、鋤。唐韓愈〈送區弘南歸〉：「洶洶洞庭莽翠微　，九疑鑱天荒是非。」

（2）黃獨：爲薯蕷科植物，其球狀地下莖，似芋而小，又名土芋，土卵，肉白皮黃，可蒸食之。往往爲隱居野食者所食。植物名。唐杜甫〈乾元中寓居同谷縣作歌〉之二：「黃獨無苗山雪盛，短衣數挽不掩脛。」仇兆鰲注：「又曰：『黃獨，狀如芋子，肉白皮黃，蔓延生，葉似蘿摩，梁漢人蒸食之，江東謂之土芋。』」陳藏器《本草》：「黃獨，遇霜雪，枯無苗，蓋蹲鴟之類。」蔡夢弼引別注云：「黃獨，歲飢士人掘以充糧，根惟一顆而色黃，故謂之黃獨。」宋范成大〈古風送南卿〉：「梁肉豈不珍，瀹雪煮黃獨。」

（3）白玉吹香連碧玉：白梅香氣飄散在竹林間。

　　白玉，白色的玉，亦指白璧。此處應指梅。《楚辭‧九歌‧湘夫人》：「白玉兮爲鎮，疏石蘭兮爲芳。」

　　碧玉，比喻澄靜、清綠色的自然景物。此處應指綠竹。唐柳宗元〈酬曹侍御過象縣見寄〉：「破額山前碧玉流，騷人遙駐木蘭舟。」

（4）富殺山人林谷：梅花清香充滿著整個士人隱居的山谷。

　　富，充裕、豐厚、多。

　　殺：甚也，亦作煞，表示程度之深。〈古詩十九首‧去者日以疏〉：「白楊多悲風，蕭蕭愁殺人。」

山人，隱居在山中的士人。南朝齊孔稚珪〈北山移文〉：「蕙帳
空兮夜鶴怨，山人去兮曉猿驚。」

林谷，林木山谷。《墨子‧天志上》：「夫天不可爲林谷幽門無人，
明必見之。」

（5）**幾年行路艱難。眼明今日重看**：今日更加看清政治處世不易。
行路艱難，比喻處世不易。唐杜甫〈宿府〉：「風塵荏苒音書絕，
關塞蕭條行路難。」

眼明，眼力好，看得清楚。唐白居易〈初除尙書郎脫史緋詩〉：
「頭白喜抛黃草峽，眼明驚坼紫泥書。」

重，表示程度深，相當於「極」、「甚」。司馬遷〈報任安書〉：「李
陵既生降，隤其家聲，而僕又俱之蠶室，重爲天下觀笑。」

（6）**槐安**：槐安夢。唐李公佐《南柯太守傳》載，淳於棼飲酒古槐
樹下，醉後入夢，見一城樓題大槐安國，槐安國王招其爲駙馬，
任南柯太守三十年，享盡富貴榮華。醉後見槐下有一大蟻穴，
南枝又有一小穴，即夢中的槐安國和南柯郡。后因用槐安夢比
喻人生如夢，富貴得失無常。宋陸游〈秋晚〉：「幻境槐安夢，
危機竹節灘。」

七十五、許有壬〈清平樂〉　　《全金元詞》頁980

和可行梅竹韻三首之三

天寒日暮，百繞梅花樹。萬斛[1]清香藏不住。都在一花開
處。　　可憐月墮霜飛。不知疏影來時。誰報雲川[2]老子，翠
禽[3]先在南枝[4]。

注解：

（1）**萬斛**：量詞。古代一斛爲十斗，南朝宋改爲五斗。陸龜蒙〈奉
和襲美酒中十詠之酒泉〉：「味既敵中山，飲寧拘一斛。」

（2）**雲川**：銀河。宋梅堯臣〈彥國通判絳州〉：「山郭寂無喧，雲川

不妨釣。」

（3）**翠禽**：翠鳥。宋姜夔〈疏影〉：「苔枝綴玉，有翠禽小小，枝上同宿。」

（4）**南枝**：借指梅花。參見蔡松年〈念奴嬌〉（倦游老眼），注（12）。

七十六、張翥⁽¹⁾〈六州歌頭〉　《全金元詞》頁 997

孤山尋梅

孤山歲晚⁽²⁾。石老樹查牙⁽³⁾。逋仙去。誰為主。自疏花。破冰芽⁽⁴⁾。烏帽⁽⁵⁾騎驢處。近修竹，侵荒蘚，知幾度⁽⁶⁾。踏殘雪，趁晴霞。空谷佳人，獨耐朝寒峭，翠袖籠紗⁽⁷⁾。甚江南江北，相憶夢魂賒⁽⁸⁾。水繞雲遮。思無涯。　　又苔枝上，香痕沁，幺鳳語⁽⁹⁾。凍蜂衙⁽¹⁰⁾。瀛嶼⁽¹¹⁾月，偏來照，影橫斜。瘦爭些。好約尋芳客，問前度⁽¹²⁾，那人家。重呼酒。摘瓊朵。插鬢鴉⁽¹³⁾。喚起春嬌扶醉，休孤負錦瑟年華⁽¹⁴⁾。怕流芳不待，回首易風沙。吹斷城笳⁽¹⁵⁾。

注解：

（1）**張翥**：字仲舉，號蛻巖，晉寧（今山西臨汾）人。父為吏，從征江南，調饒州安仁縣典史，又為杭州鈔庫副使。翥少時，負其才雋，豪放不羈，好蹴踘，喜音樂，不以家業屑其意。其父以為憂。翥一旦翻然改曰：「大人勿憂。今請易業矣。」乃謝客，閉門讀書，晝夜不暫輟，因受業於李存先生。存家安仁，江東大儒也，其學傳於陸九淵氏，翥從之游，道德性命之說，多所研究。未幾，留杭，又從仇遠先生學。遠於詩最高，翥學之，盡得其音律之奧，於是翥遂以詩文知名一時。至正初，以隱逸荐，召為國子助教，尋退居淮東。復其為翰林國史院編修官，預修遼、金、宋三史，進翰林應奉、修撰，遷太常博士、禮儀院判官。累官翰林侍讀，兼國子祭酒，以翰林承旨致仕。傳見

《元史》卷一八六。著有《蛻庵集》五卷、《蛻巖詞》二卷。張
耒生卒年，張子良；唐圭璋；馬興榮等皆作 1287 年～1368 年。

（2）**孤山歲晚**：歲暮之際，到孤山尋梅。

孤山，山名。在浙江杭州西湖中，孤峰獨聳，秀麗清幽。宋林
逋曾隱居於此，喜種梅養鶴，世稱孤山處士。孤山北麓有放鶴
亭和梅林。宋沈括《夢溪筆談・人事二》：「林逋隱居杭州孤山，
常蓄兩鶴，縱之則飛入雲霄，盤旋久之，復入籠中。」

歲晚，猶歲暮。杜甫〈秋興八首〉之五：「一臥滄江驚歲晚，幾
回青瑣點朝班。」

（3）**石老樹查牙**：石老，謂石之蒼古者。唐呂巖〈山隱〉：「松枯石
老水縈迴，簡裏難教俗客來。」

查牙，錯出不齊貌。此處係形容老樹杈枝歧出。唐李賀〈馬二
十三首〉之六：「飢臥骨查牙，粗毛刺破花。」

（4）**破冰芽**：形容梅花花芽不畏冰雪，欲綻芳姿。

芽：尚未發育成長的枝、葉或花的雛體。漢東方朔〈非有先生
論〉：「甘露既降，朱草萌芽。」

（5）**烏帽**：黑帽。古代貴者常服。隋唐後多為庶民、隱者之帽。《宋
書・明帝紀》：「于時，是起倉促，上失履，跣至西堂，猶著烏
帽。」

（6）**近修竹，侵荒蘚，知幾度**：梅花臨近有長竹與苔蘚的地方生長
著，不知開了又謝，謝了又開了幾次？

修竹，長竹。唐張九齡〈送宛句趙少府〉：「修竹含清景，華池
澹碧虛。」

侵，接近；臨近。唐杜甫〈陪諸貴公子丈八溝攜妓納涼晚際遇
雨二首〉之二：「纜侵堤柳繫，幔宛浪花浮。」仇兆鰲注：「侵，
迫近也。。」

（7）**空谷佳人，獨耐朝寒峭，翠袖籠紗**：此句化用唐杜甫〈佳人〉：
「天寒翠袖薄，日暮倚修竹。」言梅花耐得冰霜，梅格高潔。

空谷，空曠幽深的山谷。多指賢者隱居的地方。《詩·小雅·白駒》：「皎皎白駒，在彼空谷。」孔穎達疏：「賢者隱居，必當潛處山谷。

寒峭，寒氣逼人。宋蔣捷〈解佩令〉：「梅花風悄，杏花風小，海棠風驀地寒峭。」

翠袖，青綠色衣袖。泛指女子的裝束。宋蘇軾〈趙昌四季芍藥〉：「倚竹佳人翠袖長，天寒猶著薄羅裳。」

（8）夢魂賒：在夢中與芳魂相見，卻是如此短暫。

夢魂，古人以為人的靈魂在睡夢中會離開肉體，故稱夢魂。唐劉希夷〈巫山懷古〉：「頹想臥瑤席，夢魂何翩翩。」

賒，渺茫無憑。唐張說〈岳州作〉：「物土南州異，關河北信賒。」

（9）又苔枝上，香痕沁，幺鳳語：梅樹苔枝上，散發花香，幺鳳鳴叫。

苔枝，生苔的樹枝。宋姜夔〈疏影〉：「苔枝綴玉，有翠禽小小，枝上同宿。」

沁，氣體、液體等滲入或透出。唐唐彥謙〈詠竹〉：「醉臥涼陰沁骨情，石牀冰簟夢難成。」

幺鳳，參見〈謁金門〉（頻點檢），注（3）。

（10）蜂衙：蜂巢。宋陸佃《埤雅·釋蟲》卷十曰：「蜂有兩衙，應潮其主之所在。眾蜂為之旋繞，如衛，誅罰徵令絕嚴。」宋陸游〈野意〉：「花深迷蝶夢，雨急散蜂衙。」

（11）瀛嶼：即孤山。孤山在浙江省杭州市西湖之中，界裡外二湖之間。一嶼聳立，旁無聯附，為湖山勝景，亦曰孤嶼，又名瀛嶼。

（12）前度：前一次；上一回。唐元稹〈醉醒〉：「積善坊中前度飲，謝家諸婢笑扶行。」

（12）鬢鴉：鬢，古代婦女的環形髮髻。鬢鴉，即鴉鬢。色黑如鴉的丫形髮髻。唐李白〈酬張司馬贈墨〉：「黃頭奴子雙鴉鬢，錦囊養之懷袖間。」

（14）**喚起春嬌扶醉，休孤負錦瑟年華**：即使喝醉了，也要使喚春嬌扶我再去欣賞梅花美景，畢竟好景不能永久，千萬不要孤負梅花花期的青春美好。

春嬌，形容女子嬌豔之態。亦指嬌豔的女子。唐梁鍠〈狷氏子〉：「憶事臨妝笑，春嬌滿鏡臺。」

孤負，違背，對不住。舊題漢李陵〈答蘇武書〉：「功大罪小，不蒙明察，孤負陵心。」

錦瑟年華，即錦瑟華年。比喻青春時代。語出李商隱〈錦瑟〉：「錦瑟無端五十絃，一絃一柱思華年。」

（15）**怕流芳不待，回首易風沙。吹斷城笳**：時光易逝，回首只聽得胡笳聲切，引發悲涼之情。

流芳：好時光，猶流光。宋歐陽修〈訴衷情〉眉意：「思往事，惜流芳，易成傷。」

笳，古管樂器。即胡笳。漢時流行於塞北和西域一帶。其音悲涼，后形製遞變，名稱各異。

集評：

清王奕清等《歷代詞話》卷九（張翥梅詞）引明卓人月曰：「古今梅詞甚多，惟張翥〈六州歌頭〉一首云：『孤山歲晚，石老樹槎枒……怕流芳，不待回首易風沙。吹斷城笳。』真有飛鴻戲海，舞鶴游天之勢。」

清沈雄編纂、清江尚質增輯《古今詞話·詞辨下卷》（六州歌頭），江尚質以為：「張翥詠梅云：『孤山歲晚，石老樹嵯岈……怕流芳不待，回首易風沙。吹斷城笳。』卓藥淵謂其有飛鴻戲海，舞鶴游天之勢，信然。」

清馮金伯《詞苑萃編》卷六（張翥梅詞）也引述明卓人月的見解。

七十七、張翥〈摸魚兒〉　　《全金元詞》頁 1000

題熊伯宣藏梅花卷子[1]

計西湖[2]、水邊曾見。查牙老樹如此。冰痕冷沁苔枝雪，的皪數花纔試[3]。天也似。愛玉質[4]、清高不久開紅紫。孤山處士。　　總賦得招魂，煙荒雨暗，寂寞抱香死。春風筆，休憶深宮[5]舊事。添人多恨多愁。墨池雪嶺三生夢，喚起縞衣仙子[6]。仍獨自。伴瘦影、黃昏和月窺窗紙。聲聲字字。寫不盡江南，閒愁萬斛，訴與綠衣使[7]。

注解：

(1) **卷子**：指字畫的卷軸；捲起來的古抄本。宋蔣捷〈賀新郎〉：「香銷卷子，倩 誰題詠。」

(2) **西湖**：湖名。以西湖名者甚多，多以其在某地之西為義。此句西湖當指位於浙江杭州城西者。漢時稱明聖湖，唐後始稱西湖。北宋詩人林逋結廬於西湖之孤山，種梅養鶴，後代詠梅多以其為典。

(3) **冰痕冷沁苔枝雪，的皪數花纔試**：苔枝上滿是冰雪，幾朵梅英初綻反而顯得顯明亮眼。

的皪，鮮眼亮眼也。宋趙長卿〈露天曉角〉：「的皪疏花初破，都因是、夜來雪。」

纔，方始、剛剛。唐元稹〈新竹〉：「新篁纔解籜，寒色已新蔥。」

(4) **愛玉質**：愛玉質，所愛者正是梅花。

玉質，形容質美如玉。宋王沂孫〈一萼紅〉：「青鳳銜丹，瓊奴試酒，驚換玉 質冰姿。」

(5) **深宮**：宮禁之中，帝王居住處。戰國楚宋玉〈風賦〉：「故其清涼雄風，則飄舉升降，乘凌高城，入於深宮。」

(6) **墨池雪嶺三生夢，喚起縞衣仙子**：以筆硯畫出的梅花姿態，彷彿是三生夢裡，雪嶺旁的縞衣仙子。

墨池，指硯。宋范正敏〈遯齋閑覽・墨地皮棚〉：「王僧彥父名師古，常自呼硯爲墨池。」雪嶺，積雪的山嶺。唐盧綸〈從軍行〉：「雪嶺無人跡，冰河足雁聲。」

三生，佛教語。指前生、今生、來生。唐车融〈送僧〉：「三生塵夢醒，一錫衲衣輕。」

縞衣仙子，身著白絹衣裳的仙子。藉以比喻潔白的梅花或羽毛。縞衣，白絹。宋蘇軾〈十一月二十六日，松風亭下，梅花盛開〉：「海南仙雲嬌墮砌，月下縞衣來扣門。」

（7）寫不盡江南，閒愁萬斛，訴與綠衣使：將萬斛愁緒向鸚鵡訴說。綠衣使者，鸚鵡的別名，出自於五代王仁裕《開元天寶遺事・鸚鵡告事》。記載唐代長安豪民楊崇義被妻劉氏和鄰人李弇謀殺，縣官至楊家勘察，架上鸚鵡忽作人言，說殺害家主的是劉氏和李弇，案情於是大白。唐明皇因封鸚鵡爲綠衣使者，交付後宮餵養，張說並爲之作〈綠衣使者傳〉。

集評：

清吳衡照《蓮子居詞話》卷二（張仲舉兼諸公之長）：「張仲舉詞出南宋，而兼諸公之長。如題梅花卷子云：『墨池雪嶺三生夢，喚起縞衣仙子。仍獨自伴，瘦影黃昏，和月窺窗紙。』絕似石帚。」

七十八、張翥〈疏影〉　　《全金元詞》頁 1004

王元章[1] 墨梅圖

山陰賦客[2]。怪幾番睡起，窗影生白。[3] 縹緲仙姝，飛下瑤臺，淡佇東風顏色[4]。微霜恰護朦朧月，更漠漠、暝煙低隔[5]。恨翠禽、啼處驚殘，一夜夢雲無迹[6]。　　惟有龍煤解染，數枝入畫裏，如印溪碧[7]。老樹枯苔，玉暈冰圈，滿幅寒香狼藉[8]。墨池雪嶺春長好，悄不管、小樓橫笛[9]。怕有人、誤認真花，欲點曉來妝額[10]。

注解：

（1）**王元章**：王冕（？～1359）字元章，一字元肅，號煮石山農、會稽山農、會稽外史、梅花屋主、九里先生、江南古客、江南野人、山陰野人、浮萍軒子、竹冠草人、梅叟、飯牛翁、煮石道者、閑散大夫、老龍、老村、梅翁等。會稽諸暨（今浙江諸暨）人，隱居九里山，不就吏祿。工畫梅。

（2）**山陰賦客**：從王冕眾多別號之一「山陰野人」，可知此句「山陰賦客」就是代指王冕。

　　山陰，原指山朝北的一面。《漢書・郊祀志》：「從陰道下，禪於梁父。」唐顏師古注曰：「山南曰陽，山北曰陰。」然而此闋詞指的是杭州會稽山陰，爲地名之稱。

　　賦客，辭賦家。宋晏殊〈示張寺丞王校勘〉：「遊梁賦客多風味，莫惜青錢萬選才。」

（3）**怪幾番睡起，窗影生白**：作畫者夜裡幾次睡醒，對於窗影生白感到訝異。窗影生白，形容的是窗外朵朵梅花花開，雪白漫天。

（4）**縹緲仙姝，飛下瑤臺，淡佇東風顏色**：梅花的美麗，彷彿縹緲隱約間，眼見仙女下凡而來。

　　縹緲，高遠隱約貌。木華〈海賦〉：「羣仙縹緲，餐玉清涯。」李善注：「縹緲，遠視之貌。」

　　瑤臺，指傳說中的神仙居處。晉王嘉《拾遺記・崑崙山》：「傍有瑤臺十二，各廣千步，皆五色玉爲臺基。」

（5）**微霜恰護朦朧月，更漠漠、暝煙低隔**：月色朦朧，煙藹瀰漫。

　　漠漠，密布貌，布列貌。晉陸機〈君子有所思行〉：「廛里一何盛，街巷紛漠漠。」

　　暝煙，傍晚的煙藹。唐戴叔倫〈過龍灣五王葛訪友不遇〉：「野橋秋水落，江閣暝煙微。」

（6）**恨翠禽、啼處驚殘，一夜夢雲無迹**：月夜賞梅，彷彿置身夢中仙境。拂晨鳥鳴，驚破殘夢，徒留悵恨。化用羅浮夢一事。

羅浮夢，參見李俊民〈洞仙歌〉（隴頭瀟灑），注（6）。

（7）**惟有龍煤解染，數枝入畫裏，如印溪碧**：以筆墨在宣紙上作畫，栩栩如生，如水中倒映梅花。

煤，指墨。唐韓偓〈橫塘〉：「蜀紙麝煤沾筆興，越甌犀液發茶香。」

印，如蓋章般在物體上留下痕跡。唐李遠〈遊故王駙馬池亭〉：「野鳥翻萍綠，斜橋印水紅。」

（8）**老樹枯苔，玉暈冰圈，滿幅寒香狼藉**：描寫墨梅圖上枝幹、花朵的樣子，是老樹上散布枯苔，圈瓣出不可細數的白色梅花。

狼藉，縱橫散亂貌。《史記·滑稽列傳》：「日暮酒闌，合尊促坐，男女同席，履舄交錯，杯盤狼籍。

（9）**墨池雪嶺春長好，悄不管、小樓橫笛**：此句一反李白〈與史郎中欽聽黃鶴樓上吹笛〉詩：「黃鶴樓中吹玉笛，江城五月落梅花。」，以為墨梅不會凋落，年年依舊春色不變。

墨池，指硯。宋范正敏〈遯齋閑覽·墨地皮棚〉：「王僧彥父名師古，常自呼硯為墨池。」

雪嶺，積雪的山嶺。唐盧綸〈從軍行〉：「雪嶺無人跡，冰河足雁聲。」

（10）**怕有人、誤認真花，欲點曉來妝額**：化用壽陽公主梅花妝的典故。原典記載參見李俊民〈謁金門〉（偷造化），注（2）。

集評：

清許昂霄《詞綜偶評》：「〈疏影〉王元章墨梅圖。元章名冕，諸暨人。前段只說梅花，後段方說畫梅，與〈滿江紅〉一闋，題折枝桃花章法正同。微霜恰護朦朧月二句，即為畫圖伏案。一夜夢雲無迹，跌起畫梅。惟有龍煤解染，直接。」

七十九、張翥〈水龍吟〉　　《全金元詞》頁1008

　　鄭蘭玉[1]賦蠟梅，工甚，予拾其遺意補之

　　玉人梔貌堪憐，曉粧一洗鉛華盡[2]。此花應是，菊分顏色、梅分風韻。萼點駝酥，口攢金磬，心凝檀粉[3]。甚女貞[4]染就，仙女絕勝，蜂兒童，鵝兒嫩[5]。　　　說與玉龍莫品，怕宮波、一般流恨[6]。故人堪寄，折枝代取，江南春信[7]。沈水[8]全熏，檗絲[9]密綴，額黃深暈。乍燕姬未識[10]，是花是蠟，笑偎[11]人問。

注解：

（1）**鄭蘭玉**：浮梁人，長於樂府，薦授山長，擢南陽府知事，入為翰林應奉。

（2）**玉人梔貌堪憐，曉粧一洗鉛華盡**：將蠟梅擬為美人，憐惜曉粧一洗，恐怕鉛華盡失。

　　玉人，容貌美麗的人。前蜀韋莊〈秋霽晚景〉：「玉人襟袖薄，斜凭翠闌干。」

　　梔貌，女子飾額黃的容貌。借指蠟梅花的顏色。之所以憐惜曉粧一洗，恐怕鉛華盡失，正是切合蠟梅的顏色特殊，參見宋范成大《梅譜》曰：「蠟梅，本非梅類。以其與梅同時，香又相近，色酷似蜜脾，故名蠟梅。」故詞人以為蠟梅顏色特殊，非蠟梅本色。

（3）**萼點駝酥，口攢金磬，心凝檀粉**：極盡形容蠟梅的詳細樣態。

　　萼點駝酥，形容花萼的細膩潔白。

　　駝酥，駝脂。

　　攢，簇聚，聚集。《韓非子·用人》：「三者立而上無私心，則下得循法而治，望表而動，隨繩而斲，因攢而縫。」陳奇猷集釋：「攢，簇聚也。」

　　金磬，樂器之一。唐唐求〈題友人寓居〉：「何處一聲金磬發，

古松南畔有僧家。」且根據宋范成大《梅譜》曰：「蠟梅……經
接，花疏，雖盛開，花常半含，名磬口梅，言似僧磬之口也。」
磬，當爲寺院中召集眾僧用的雲板形鳴器或頌經用的鉢形打擊
樂器。

凝，積聚。南朝宋顏延之〈還至梁城作〉：「故國多喬木，空城
凝寒雲。」

（4）**女貞**：木名。凌冬青翠不凋，其子可入藥。漢司馬相如〈上林
賦〉：「欃檀木蘭，豫章女貞。」

（5）**蜂兒童，鵝兒嫩**：形容蠟梅顏色猶如幼蜂、幼鵝般嫩黃。
蜂兒童，幼蜂。童，未成年，《穀梁傳·昭公十九年》：「羈貫成
童，不就師傅，父之罪也。」范甯注：「成童，八歲以上。」亦
泛指幼小。

（6）**說與玉龍莫品，怕宮波、一般流恨**：莫吹笛，怕引起離別相思
遺恨。
玉龍，喻笛，宋林逋〈霜天曉月〉題梅：「甚處玉龍三弄，聲搖
動、枝頭月。」
品，演奏樂器。前蜀韋莊〈玉樓春〉（日照玉樓花似錦）：「堪愛
晚來韶景甚，寶柱素箏方再品。」
宮，古代音樂術語。指以宮聲爲主的調式。宋周邦彥〈意難忘〉
（衣染鶯黃）：「知音見說無雙，解移宮換羽，未怕周郎。」
流恨，遺恨。唐李白〈秋夜宿龍門香山寺奉寄王方城十七丈奉
國瑩上人從弟幼成令問〉：「流恨寄伊水，盈盈焉可窮。」

（7）**故人堪寄，折枝代取，江南春信**：化用南朝宋陸凱〈贈范曄〉
詩：「折花逢驛使，寄與隴頭人。江南無所有，聊贈一枝春。」

（8）**沈水**：亦作沉香。晉嵇含《南方草木狀·蜜香沉香》：「此八物
同出於一樹也……木心與節堅黑，沈水者爲沈香。與水面平者
爲雞骨香。」后因沈水借指沈香。唐羅隱〈香〉：「沉水良才食
柏珍，博山煙煖玉樓春。」

（9）蘗絲：木名。即黃蘗，又稱黃柏。唐白居易〈生離別〉：「食蘗
　　　不易食梅難，蘗能苦兮梅能酸。」

（10）乍燕姬未識：此句詞意應是化用宋王安石〈紅梅〉：「北人初未
　　　識，渾作杏花看。」藉以表達蠟梅新妝恐怕連北人也沒見過。
　　　燕姬，春秋時北燕之女《左傳・昭公七年》：「癸巳，齊侯次於
　　　虢。燕人行成……燕人歸燕姬，賂以瑤甕、玉櫝、斝耳。」杜
　　　預注：「嫁女與齊侯。」楊伯峻注：「北燕，姬性之國。」亦泛
　　　指燕地美女。鮑照〈舞鶴賦〉：「當是時也，燕姬色沮，巴童心
　　　恥。」劉良注：「巴童，燕姬，並善歌舞者。」

（11）偄：親近、親愛。《山海經・海內經》：「北海之隅，有國名曰朝
　　　鮮天毒，其人水居，偄人愛人。」郭璞注：「偄亦愛也。」

集評：

　　　清許昂霄《詞綜偶評》以為「甚女貞染就」：「女貞，一名蠟樹。
然樹上收採之蠟，乃白蠟也，故曰染就。」

八十、張翥〈東風第一枝〉　　《全金元詞》頁1011

　　憶梅

　　老樹渾苔，橫枝未葉。青春肯誤芳約[1]。背陰未返冰魂，
陽梢已含紅萼[2]。佳人寒怯，誰驚起、曉來梳掠[3]。是月斜、
花外幺禽，霜冷竹閒幽鶴。　　雲淡淡，粉痕[4]漸薄。風細細，
凍香[5]又落。叩門喜伴金尊[6]，倚欄怕聽畫角[7]。依稀夢裏，
記半面、淺窺朱箔[8]。甚時得、重寫鸞牋[9]，去訪舊遊東閣[10]。

注解：

（1）青春肯誤芳約：春天豈會誤了與花兒的約定。
　　　青春，指春天。春季草木茂盛，其色青綠，故稱。《楚辭・大
　　　招》：「青春受謝，白日昭只。」王逸注：「青，東方春位，其
　　　色青也。」

　　肯，表示反問，猶豈。唐劉長卿〈贈別於群投筆赴安西〉:「本
　　持鄉曲譽，肯料泥塗辱。」

（2）背陰未返冰魂，陽梢已含紅萼:背光的地方尚未見梅花花萼，
　　向陽的樹梢已經看得到紅色花萼。

　　冰魂，借指梅花，因其清白純淨與冰霜相似。宋蘇軾〈松風庭
　　下梅花盛開〉:「羅浮山下梅花村，玉雪爲骨冰爲魂。」

（3）佳人寒怯，誰驚起、曉來梳掠:此句將梅花欲綻放的姿態擬作
　　佳人曉來妝扮。

　　梳掠，梳理、梳妝。唐白居易〈嗟髮落〉:「既不勞洗沐，又不
　　煩梳掠。」

（4）粉痕:粉狀物所形成的痕跡，此處應指花蕊。宋范成大〈荷池〉:
　　「方池留水勝埋盆，露入蓮腮沁粉痕。」

（5）凍香:以凍字形容梅，點出在低溫中開花的特性。

（6）金尊:亦作金樽。酒尊的美稱。南朝宋謝靈運〈石門新營所住〉:
　　「芳塵擬瑤席，清醑滿金樽。」

（7）畫角:古管樂器。傳自西羌。形如竹筒，本細末大，以竹木
　　或皮革等製成，因表面有彩繪，故稱。發聲哀厲高亢，古時
　　軍中多用以警昏曉、振士氣;肅軍容。帝王出巡，亦用以報
　　警戒嚴。南朝梁簡文帝〈折楊柳〉:「城高短簫發，林空畫角
　　悲。」

（8）依稀夢裏，記半面、淺窺朱箔:依稀在夢中，略窺朱簾，曾經
　　瞥見梅花美人一面。

　　半面，《後漢書・應奉傳》:「奉少聰明。」李賢注引三國吳謝承
　　《後漢書》:「奉年二十時，嘗詣彭城相遠賀，賀時出行閉門，
　　造車匠於內開窗出半面視奉，奉即委去。後數十年於路見車匠，
　　識而呼之。」后因用以稱瞥見一面。

　　朱箔，紅色的帘子。五代李存勗〈一葉落〉:「一葉落，褰朱箔，
　　此時景物正蕭瑟。」

（9）鸞牋：亦作鸞箋。宋蘇易簡《文房四話・紙譜》：「蜀人造十色牋，凡十幅爲一榻……然逐幅於方版之上砑之，則隱起花木麟鸞，千狀萬態，后人因稱彩箋爲鸞箋。」

（10）東閣：閣名。指東亭。杜甫〈和裴迪登蜀州東亭送客逢早梅相憶見寄〉：「東閣官梅動詩興，還如何遜在揚州。」仇兆鰲注：「東閣，指東亭。」故址在今四川省崇慶縣東。或指款待賓客之所。

集評：

明楊愼《詞品・梅詞》卷二：「呂聖求〈東風第一枝〉詞云：『老樹渾苔，橫枝未葉……甚時重寫鸞牋，去訪舊遊東閣。』古今梅詞，以坡仙綠毛幺鳳爲第一，此亦在魁選矣。」唐圭璋《詞話叢編》有案語，指正此詞乃張翥作，見《蛻巖詞》。

八十一、張翥〈孤鸞〉　　《全金元詞》頁 1014

題錢舜舉⁽¹⁾仙女梅下吹笛圖

江皋⁽²⁾空闊。更半霎⁽³⁾清風，些兒微雪。倚樹仙姬，翠袖暮寒應怯⁽⁴⁾。閒拈玉龍自品，愛冰姿、與花爭潔⁽⁵⁾。一闋霓裳⁽⁶⁾乍了，又落梅⁽⁷⁾初盡。　　怕曲終人去彩雲絕。便夢斷瑤臺春思愁結。□□□□、□□□□□□。那堪綠毛幺鳳⁽⁸⁾，向苔枝、數聲咽。留得餘香滿袂，已西山斜月。

注解：

（1）錢舜舉：錢選，字舜舉，號玉潭，烏程人。貫串經史，人品高潔，宋景定間中鄉試，流連詩畫以終。

（2）江皋：江岸，江邊地。《楚辭・九歌・湘夫人》：「朝馳余馬兮江皋，夕濟兮西澨。」

（3）霎：象聲詞，本指風雨之聲。唐皮日休〈添魚具詩〉背篷：「雨中蹢躅時，一向聽霎霎。」

（4）**倚樹仙姬，翠袖暮寒應怯**：此句化用杜甫〈佳人〉：「天寒翠袖薄，日暮倚修竹。」

（5）**閒拈玉龍自品，愛冰姿、與花爭潔**：依詞題所言，此句當是敘述畫上的仙女在梅下吹笛。梅花淡雅的姿態受人喜愛，一旁吹笛的仙女，彷彿也在跟梅花比較何者較爲純潔。此句的爭潔，所爭者並不是顏色上的潔白，應該是引申至品格上的清白。

拈，用兩三個手指頭夾、捏取物。唐方干〈胡中丞早梅〉：「謝公吟賞愁飄落，可得更拈長笛吹。」

玉龍，喻笛，宋林逋〈霜天曉月〉題梅：「甚處玉龍三弄，聲搖動，枝頭月。」

品，演奏樂器。前蜀韋莊〈玉樓春〉（日照玉樓花似錦）：「堪愛晚來韶景甚，寶柱素箏方再品。」

冰姿，淡雅的姿態。宋蘇軾〈木蘭花令〉梅花：「玉骨那愁瘴霧，冰姿自有仙風。」

潔，謂潔白不污。《楚辭・招魂》：「朕幼清以廉潔兮，身服義而未沫。」王逸注：「不污曰潔。」

（6）**霓裳**：樂曲名。唐代的宮廷舞曲。原爲西域樂舞，初名婆羅門曲。玄宗開元中，西涼節度使楊敬述獻上，又經玄宗改編增飾並配上歌詞和舞蹈，於天寶十三年改用此名。其曲舞皆描寫虛無縹緲的仙境和仙女的形象。安史之亂後，此曲散佚，後南唐李後主得殘譜，補綴成曲。唐・白居易・長恨歌：漁陽鼙鼓動地來，驚破霓裳羽衣曲。或稱爲霓裳、霓裳曲、霓裳羽衣〈霓裳羽衣曲〉的略稱。爲唐代著名法曲，爲開元中河西節度使陽敬忠所獻。初名〈婆羅門曲〉。經唐玄宗潤色並制歌詞，后改用今名。唐白居易〈琵琶行〉：「輕攏慢撚抹復挑，初爲霓裳後綠腰。」

（7）**落梅**：即〈梅花落〉。古笛曲名。唐李白〈司馬將軍歌〉：「羌笛橫吹阿嚲回，向月樓中吹落梅。」

（8）**綠毛么鳳**：參見〈謁金門〉（頻點檢），注（3）。

八十二、張翥〈江城梅花引〉　　《全金元詞》頁 1015

九日杏梅同開，汪國才折以請賦

玉兒[1]睡起帕蒙頭。更嬌柔。見郎羞。縞袂[2]仙人，一笑豔明眸。粉瘦紅慳春夢斷，畫闌[3]畔，對西風、憶舊遊。　　憶君恨君思悠悠。怕悽涼，不耐秋。豔絕韻絕香更絕[4]，特地風流。宜與雲鬟[5]雙插倚妝樓。月又漸低霜漸冷，花似雪，滿蒼苔，總是愁。

注解：

（1）玉兒：南齊東昏侯潘淑妃之小字，或泛指美人。此句僅止於將梅花喚做一般美人之稱，並非指潘淑妃。後人多以玉兒忠於東昏的節操比擬梅花，然張翥於此句並未著眼於此，故此玉兒並未專指。《南史‧王茂傳》：「東昏侯潘氏玉兒，有國色，武帝將留之，王茂曰：『亡齊者此物也，恐貽外議。』帝乃出之。軍主田安啓求爲婦，玉兒義不受辱，乃自縊。」

（2）縞袂：白衣，亦借喻白色花卉。宋蘇軾〈次韻楊公濟奉議梅花詩〉之一：「月黑林間逢縞袂，霸陵醉尉誤誰何。」

（3）畫闌：亦作畫欄，有畫飾的欄杆。唐李賀〈金銅仙人辭漢歌〉：「畫欄桂樹懸秋香，三十六宮土花碧。」

（4）豔絕韻絕香更絕：與元好問同張仲經楊飛卿賦青梅〈梅〉：「韻絕秀絕香又絕，恨□千山復□山。」之句相似，所重者皆在梅花的色、香、韻。

（5）雲鬟：高聳的環型髮髻。借指年輕貌美的女子。宋晁補之〈綠頭鴨〉韓師朴相公會上觀佳妓輕盈彈琵琶：「算從來、司空慣，斷腸初對雲鬟。」

八十三、沈禧⁽¹⁾〈鷓鴣天〉　　《全金元詞》頁 1039

詠紅梅壽守節婦

萼綠仙姝賀誕辰。酡顏暈酒粲朱脣⁽²⁾。霞綃剪袂雲裁佩，絳雪為肌玉作神⁽³⁾。　　超俗態，斷凡塵。飄然風韻奪天真⁽⁴⁾。能堅北嶺冰霜操，不競南園桃李春⁽⁵⁾。

注解：

（1）**沈禧**：字廷錫，吳興（今浙江湖州）人。能詞曲，有散曲八套與《竹窗詞》一卷傳世。《全金元詞》用《彊村叢書》本收錄。多寫景、題畫、詠物。生卒年不詳。

（2）**萼綠仙姝賀誕辰。酡顏暈酒粲朱脣**：，萼綠仙姝多用以代指綠萼梅，然此處卻巧妙地將紅梅的花色，形容是萼綠仙子為了祝壽，喝了些酒，以致於臉泛紅暈。

　　萼綠仙姝，李獻能〈江梅引〉（漢宮嬌額倦塗黃），注（2）。

　　酡顏，飲酒臉紅貌，亦泛指臉紅。唐白居易〈與諸客空腹飲〉：「促膝纔飛白酡顏已渥丹。」

（3）**霞綃剪袂雲裁佩，絳雪為肌玉作神**：此句形容梅花美人外在的精心打扮，與內在冰清玉潔的精神。

　　霞綃，像薄綢一樣的紅霞。溫庭筠〈錦城曲〉：「江風吹巧剪霞綃，花上千枝　杜鵑血。」

　　袂，衣袖。《史記·蘇秦列傳》：「臨菑之塗，車轂擊，人肩摩，連衽成帷，舉袂成幕，揮汗成雨。」

　　佩，古代繫於衣帶的裝飾品，常指珠玉、容刀、帨巾、觿之類。《詩·秦風·渭陽》：「我送舅氏，悠悠我思。何以贈之，瓊瑰玉佩。」

（4）**飄然風韻奪天真**：眼前梅花美人有著脫俗的風韻，更勝一般。

　　飄然，高遠貌；超脫貌。《文選·成公綏〈嘯賦〉》：「心滌蕩而無累，志離俗而飄然。」

風韻，參見蔡松年〈點絳脣〉（半幅生綃），注（1）。

天眞，謂事物的天然性質或本來面目。宋楊萬里〈寒食雨中同舍約游天竺得十六絕句呈陸務觀〉之十五：「萬頃湖光一片春，何須割破損天眞。」

（5）**能堅北嶺冰霜操，不競南園桃李春**：梅花耐得住冰雪，在雰雰冰雪中開花，彷彿具有冰清玉潔的操守，然而卻無法與桃夭李豔相較。

北嶺，北面之嶺。蘇軾〈和桃歸園田居六首〉之二：「南池綠錢生，北嶺紫筍長。」

冰霜，比喻操守堅貞清白。唐元稹〈宋常春等內仆局令〉：「宣議郎行內侍宋常春等，皆以謹信多才，得參侍從。更掌上府，尤見吏能。守官無毫髮之瑕，勵己有冰霜之操，跡其聲實，可備監臨。」

操，操守；志節。《孟子·滕文公下》：「充仲子之操，則蚓而後可者也。」

南園，泛指園圃。晉張協〈雜詩〉十八：「借問此何時，蝴蝶飛南園。」

八十四、沈禧〈風入松〉　　《全金元詞》頁 1040

紅梅慶六十壽

陽回潛谷起赬虯[1]。萬斛燦琳球[2]。芳姿占得先春意，冰霜操、甘抱清幽[3]。野店溪橋託質，蒼松翠竹為儔[4]。　　壽筵開處接瀛洲[5]。彷彿見羅浮[6]。朱幢絳節參差下，香風靄、共集南樓[7]。為慶人間甲子，來添海屋仙籌[8]。

注解：

（1）**赬虯**：紅龍。此句應是形容紅梅盛開之樣。

赬，紅也。南朝梁江淹〈雜三言〉悅曲池：「北山兮黛柏，南江

兮賴石。」

蚪，傳說中的一種無角龍。宋蘇舜欽〈頂破二山詩〉：「此邑有頂山，下潛子母蚪。」

（2）**萬斛燦琳球**：大地回春之際，萬朵梅綻放玉容。

萬斛，量詞。古代一斛為十斗，南朝宋改為五斗。陸龜蒙〈奉和襲美酒中十詠之酒泉〉：「味既敵中山，飲寧拘一斛。」

琳球，美玉，《宋書・傅亮傳》：「餞離不以幣，贈言重琳球。」

（3）**芳姿占得先春意，冰霜操、甘抱清幽**：梅花占得春風意，綻放芳容，持守冰清玉潔的節操，獨處清幽，不染纖塵。

芳姿，美妙的姿容。唐元稹〈感石榴〉：「俗態能嫌舊，芳姿尚可嘉。」

甘，情願，願意。《詩・齊風・雞鳴》：「蟲飛薨薨，甘與子同夢。」
抱，環繞。唐杜甫〈江村〉：「清江一曲抱村流，長夏江村事事幽。」

清幽，秀麗而幽靜。唐玄宗〈為趙法師別造精院過院賦詩〉：「坐朝繁聰覽，尋勝在清幽。」

（4）**野店溪橋託質，蒼松翠竹為儔**：在野店、溪橋都有梅花芳蹤，亦有蒼松翠竹與之為伴。

野店，指鄉村旅舍。唐車融〈送羅約〉：「月明野店聞雞早，花暗關城匹馬遲。」

託質，寄身；托體。唐袁不約〈胡越同舟賦〉：「殊方何遠，合志何深，因託質於刳木，遂忘言於斷金。」

儔，伴侶。三國魏曹植〈洛神賦〉：「爾迺眾靈雜遝，命儔嘯侶，或戲清流，或翔神渚。」

（5）**瀛洲**：傳說中的仙山。《列子・湯問》：「渤海之東，不知幾億萬里……其中有五山焉，一曰岱輿、二曰員嶠、三曰方壺、四曰瀛洲、五曰蓬萊……所居之人，皆仙聖之種。」

（6）**羅浮**：羅浮仙子，參見李俊民〈洞仙歌〉（隴頭瀟灑），注（6）。

（7）朱幢絳節參差下，香風靉、共集南樓：南樓飄散著陣陣芬芳香
　　氣，彷彿仙人紛紛同來爲紅梅祝壽。

　　絳節，傳說中上帝或仙君的一種儀仗。唐杜甫〈玉臺觀〉之一：
　　「中天積翠玉臺遙，上帝高居絳節朝。」

　　參差，差不多、幾乎。宋柳永〈望海潮〉：「煙柳畫橋，風簾翠
　　幕，參差十萬人家。」

　　靉，籠罩。唐陳標〈秦王卷衣〉：「秦王宮闕靉春煙，珠樹瓊枝
　　近碧天。」引申有繚繞之意。

　　南樓，晉人庾亮任江、荊、豫三州刺史時，曾與屬吏秋夜登武
　　昌南樓詠吟賞月，后遂將南樓用作詠月夜或長官屬吏宴集歡會
　　的典故。《世說新語・容止》：「庾太尉在武昌，秋夜氣佳景清，
　　使吏殷浩、王胡之之徒登南樓理詠。音調始遒，聞函道有屐聲
　　甚屬，定是庾公。俄而率左右十許人步來，諸賢欲起避之。公
　　徐云：『諸君少往，老子於此興處不淺！』因便據胡床，與諸人
　　詠謔，竟坐甚得任樂」宋晁補之〈洞仙歌〉泗州中秋作：「更攜
　　取、胡床上南樓，看玉做人間，素秋千頃。」

（8）海屋仙籌：宋蘇軾《東坡志林・三老語》：「嘗有三老人相遇，
　　或問之年……一人曰：『海水變桑田時，吾輒下一籌，爾（邇）
　　來吾籌已滿十間屋。』」原謂長壽，后以「海屋籌添」爲祝壽之
　　詞。亦省作海屋、海籌。海屋，傳說中的海上仙屋。

八十五、宋褧[1]〈虞美人〉　　《全金元詞》頁 1054

福州北還雨中觀梅

十年久共梅花別，乍見殊佳絕。臘前風景雨中天，翠竹青
松，恰似映清妍[2]。　　　繇枝開徧香成陣。觸目忘離恨。玉人
誰似冰肌[3]。酒罷歌闌，一晌[4]又相思。

注解：

（1）宋褧：字顯夫，大都（今北京）人。登泰定元年進士第，授校
　　　書郎，累官至翰林直學士，諡文清。褧嘗為監察御史，於朝廷
　　　政事，多所建明。其文學與兄宋本齊名，人稱之曰二宋云。《宋
　　　史》卷一八二付傳其兄宋本。著有《燕史集》十五卷。詞存集
　　　中，朱祖謀《彊村叢書》輯為《燕史近體樂府》一卷。宋褧生
　　　卒年，張子良、唐圭璋作 1292 年～1344 年；馬興榮等作 1294
　　　年～1346 年。

（2）清妍：美好。《抱朴子・漢過》：「利口小辯，希指巧言者，謂之
　　　標領清妍。」

（3）玉人誰似冰肌：佳人中有誰似梅花般冰清玉潔。此處不僅形容
　　　梅花的顏色純淨潔白，更寄託梅花的高潔品格是玉人無可相比
　　　的。
　　　玉人，容貌美麗的人。《晉書・衛玠傳》：「（玠）年五歲，風神
　　　秀異……總角乘羊車入市，見者皆以為玉人，觀之者傾都。」
　　　后多用以稱美麗的女子。
　　　冰肌《莊子・逍遙遊》：「藐姑射之山，有神人居焉，肌膚若冰
　　　雪，綽約若處子。」后用冰肌形容女子純淨潔白的肌膚。

（4）一晌：片刻、一會兒。泛指不久的時間。南唐李煜〈浪淘沙〉：
　　　「夢裏不知身是客，一晌貪歡。」

八十六、謝應芳 [1] 〈沁園春〉　　《全金元詞》頁 1062

　　屋東老梅一株，鄰家有竹百餘箇，相近雪窗，撫玩復自和
此曲。

　　竹與梅花，偃蹇冰霜，堪稱二難 [2]。我依梅傍竹，借人茅
舍，吟風弄月，坐箇蒲團 [3]。梅樣精神，竹般標致，遮莫清臞
未是寒 [4]。柴門外，好一湖春水，似拍銀盤 [5]。　　昔人恨橘

多酸。我只笑青松⁽⁶⁾也拜官。每醉時低唱，滄浪一曲⁽⁷⁾，開時
高臥，紅日三竿。兒輩前來，老夫說與，梅要新詩竹問安。餘
問事，只粗茶淡飯，儘有餘歡。

注解：

(1) **謝應芳**：字子蘭，武進（今江蘇常州）人。自幼篤志好學，潛
心性理，以道義名節自勵。元至正初，隱白鶴溪上。構小室，
顏曰「龜巢」，因以為號。郡辟教鄉校子弟，先質後文，諸生皆
循循雅飭。疾異端惑世，嘗輯聖賢格言、古今明鑒為《辨惑編》。
有舉為三衢書院山長者，不就。及天下兵起，避地吳中，吳人
爭延致為弟子師。久之，江南底定，始來歸，年逾七十矣。徙
居芳茂山，一室蕭然，晏如也。有司徵修郡志，強起赴之。年
益高，學行益邵。達官縉紳過郡者，必訪於其廬，應芳布衣韋
帶與之抗禮，議論必關世教，切民隱，而導善之志不衰。傳見
《明史》卷二八二。著有《思賢錄》五卷、《續錄》一卷、《辨
惑編》四卷、《龜巢稿》二十卷。詞存集中，朱祖謀《彊村叢書》
輯《龜巢詞》一卷，補遺一卷。風格偏於詼諧調侃，引方言白
話，不避俚俗。謝應芳生卒年，張子良未注明；唐圭璋以為生
年在 1296 年左右，卒年未注明；馬興榮等作 1296 年～1392 年。

(2) **竹與梅花，偃蹇冰霜，堪稱二難**：梅與竹不畏冰霜，依舊泰然
自若，佇立在窗前，不畏風霜，堪稱二難。

偃蹇，佇立貌。司馬相如〈長門賦〉：「澹偃蹇而待曙兮，荒亭
亭而復明。」

二難，謂兄弟皆佳，難分高低。南朝宋劉義慶《世說新語・德
行》：「（陳羣與陳忠）各論其父功德，爭之不能決，咨於太丘。
太丘曰：『元方難為兄，季方難為弟。』」唐包何〈和苗員外寓
直中書〉：「朝列稱多士，君家有二難。」

(3) **蒲團**：用蒲草編成的圓形墊子。多為僧人坐禪或跪拜時所用。

唐歐陽詹〈永安寺照上人房〉:「草席蒲團不掃塵,松間石上似無人。」

(4) **梅樣精神,竹般標致,遮莫清臞未是寒**:梅、竹本身的風采韻致,儘教是清瘦也不是寒冷所致。

精神,風采神韻。宋周邦彥〈燭影搖紅〉(芳臉勻紅):「風流天付與精神,全在嬌波眼。」

標致,韻致。前蜀貫休〈山居詩〉之六:「鳥外塵中四十秋,亦曾高挹漢諸侯。」

遮莫,猶云儘教也。唐杜甫〈書堂飲既夜復邀李尚書下馬月下賦絕句〉:「九拵野鶴如雙鬢,遮莫鄰雞下五更。」

清臞,清瘦。宋陸游〈賀張參政修史啟〉:「鎮撫四宜,位居台鼎,而有山澤清臞之容。」

(5) **銀盤**:比喻明月。唐盧仝〈月蝕〉:「爛銀盤從海底出,出來照我草屋東。」

(6) **青松**:蒼翠的松樹,因松樹四季長青,故喻指堅貞不移的志節。唐李白〈古風〉之二十:「勗君青松心,努力保霜雪。」

(7) **滄浪一曲**:藉滄浪一曲表明自己的心志。《孟子‧離婁》:「有孺子歌曰:『滄浪之水清兮,可以濯我纓;滄浪之水濁兮,可以濯我足。』」后遂以滄浪指此歌。

八十七、謝應芳〈風入松〉　　《全金元詞》頁 1063

梅花

歲寒心事舊相知。相別去年時。如今重睹春風面,比年時、消瘦些兒。天上玉堂[1]何在,人間金鼎[2]頻移。　　風塵不染素羅衣[3]。脈脈倚柴扉[4]。桃根桃葉爭春媚,儘教他、濃抹臙脂。老我揚州何遜[5],隴頭誰為題詩。

注解：

（1）玉堂：神仙居處。左思〈吳都賦〉：「玉堂對霤，石室相距。」
　　　劉逵注：「玉堂石室仙人居也。

（2）金鼎：指九鼎，古代傳說夏鑄九鼎，奉爲傳國之寶。南朝梁
　　　劉勰《文心雕龍・銘箴》：「夏鑄九牧之金鼎，周勒肅愼之楛
　　　矢。」

（3）風塵不染素羅衣：此處將梅花擬人，梅花不受纖塵所染，亦有
　　　自況之意。
　　　風塵，塵世，紛擾的現實生活境界。晉郭璞〈游仙詩〉：「高蹈
　　　風塵外，長揖謝夷齊。」
　　　羅衣，輕軟絲織品製成的衣服。三國魏曹植〈美女篇〉：「羅衣
　　　何飄飄，輕裾隨風還。」

（4）脈脈倚柴扉：默默。唐孟郊〈乙酉舍弟扶侍歸興義庄〉：「僮僕
　　　強與言，相懼終脈脈。」此句語意與唐杜甫〈佳人〉：「天寒翠
　　　袖薄，日暮倚修竹。」，有相似之處。

（5）老我揚州何遜：何遜愛梅，用何遜之典，比擬自己亦同樣具
　　　有愛梅之情。此闋詞所表達的愛梅之情，不單是純粹的欣賞
　　　梅花，更是寄託自己有如梅花的孤芳自賞，不同於桃李獻媚。
　　　揚州何遜，何遜作揚州法曹，廨舍有梅一株，常吟詠其下。
　　　後居洛，思之，請再往，從之；抵揚州，花方盛開，遜對樹
　　　徬徨終日。〈揚州法曹梅花盛開〉詩：「兔園標物序，驚時最
　　　是梅。銜霜當路發，映雪似寒開。枝橫卻月觀，花繞凌風臺。
　　　朝灑長門泣，夕駐臨瓊杯。應知早飄落，故逐上春來。」

八十八、謝應芳〈滿江紅〉　　《全金元詞》頁 1069

送馬公振[1]

舊約尋梅，蹉跎[2]過、小春[3]時節。忽隴頭人至，一枝先折[4]。喜見春風顏色好，縞衣不受緇塵涅[5]。把[6]十年、湖海舊相知，從頭說。　　三江上，滄洲雪。千墩[7]下，珠林[8]月。似許詢支遁，總皆清絕[9]。重看青山攜素手[10]，此情方解相思結。待漏湖[11]、冰泮柳風情[12]，孤舟發。

注解：

（1）馬公振：馬驩，字公振，太倉人。好文尚雅，元末避兵松江，園池亭謝，幽閒自娛。

（2）蹉跎：虛度光陰。唐王維〈老將行〉：「自從棄置便衰朽，世事蹉跎成白首。」

（3）小春：指夏曆十月。宋陳元靚《歲時廣記》卷三七引《初學記》：「冬月之陽，萬物歸之。以其溫暖如春，故謂之小春，亦云小陽春。」宋歐陽修〈漁家傲〉：「十月小春梅蕊綻，紅爐畫閣新裝遍。」

（4）忽隴頭人至，一枝先折：隴頭人來訪，應該就是指馬公振，以切合詞題與整闋詞所抒發之情。

隴頭，隴山，借指邊塞。化用南朝宋陸凱〈贈范曄〉詩：「折花逢驛使，寄與隴頭人。江南無所有，聊贈一枝春。」

（5）縞衣不受緇塵涅：素衣不被緇塵所染，亦借指出淤泥而不染。

縞衣，白絹。宋蘇軾〈十一月二十六日，松風亭下，梅花盛開〉：「海南仙雲嬌墮砌，月下縞衣來扣門。」

緇塵，黑色灰塵。常喻為世俗污垢。南朝梁謝朓〈酬王晉安〉：「誰能久京洛，緇塵染素衣。」

（6）把：量詞，用於某些較抽象的事物，如一大把年紀。

（7）墩：指厚而粗大的木塊或石頭。或指堆狀物。

（8）**珠林**：林木的美稱。唐陳去疾〈憶山中〉：「珠林餘霧氣，乳竇
　　滴香泉。」

（9）**似許詢支遁，總皆清絕**：自己與馬公振的友情，猶如許詢與支遁。
　　許詢支遁，即晉高僧支遁和許詢，並稱支許。兩人友善，皆善談
　　佛經與玄理。南朝宋劉義慶《世說新語・文學》：「支道林、許掾
　　諸人共在會稽王齋頭，支爲法師，許爲都講，支通一義，四坐莫
　　不厭心；許送一難，眾人莫不抃舞，但共嗟詠二家之美，不辯其
　　理之所在。」后以喻僧人和文士的交誼。唐杜甫〈西枝村尋置草
　　堂地夜宿贊公土室〉詩之二：「從來支許游，興趣江湖迥。」
　　清絕，清雅至極。宋周密〈疏影梅影〉：「記夢回，紙帳殘燈，
　　瘦倚數枝清絕。」

（10）**素手**：潔白的手。多用以形容女子之手。此句所指並非女子之
　　手，而是和馬公振相伴看青山。〈古詩十九首・青青河畔草〉：「娥
　　娥紅粉妝，纖纖出素手。」

（11）**滆湖**：湖名。在江蘇省南部宜興市、武進縣間。西接長蕩湖來
　　水，向東注太湖。北魏酈道元《水經注・沔水二》：「五湖，謂
　　長蕩湖、太湖、射湖、貴湖、滆湖也。」

（12）**冰泮柳風情**：冰泮，冰凍融解。晉左思〈蜀都賦〉：「晨鳧旦至，
　　候鴈銜蘆。木落南翔，冰泮北徂。」
　　柳風，春風。唐溫庭筠〈更漏子〉（星斗稀）：「蘭露重，柳風斜，
　　滿庭堆落花。」

八十九、謝應芳〈一翦梅〉　　《全金元詞》頁 1070

　　三首寓意寄故人之二
　　東風吹醒老梅枝。南也芳菲[1]。北也芳菲。月明半夜五更
時。笛也爭吹。角也爭吹。　　青松澗底[2]獨離奇。寒也誰知。
暖也誰知。老夫聊[3]為一歔欷[4]。梅也題詩。松也題詩。

注解：

（1）芳菲：花草盛美。南朝陳顧野王〈陽春歌〉：「春草正方菲，重
樓啟曙扉。」

（2）青松澗底：澗底松，澗谷底部的松樹。多喻德才高而官位卑的
人。晉左思〈詠史〉：「鬱鬱澗底松，離離山上苗。」

（3）聊：暫且、勉強。《詩·檜風·素冠》：「我心傷悲兮，聊與子同
歸。」鄭玄箋：「聊，猶且也。且與子同歸，欲之其家，觀其居
處。」

（4）歔欷：悲泣；抽噎；嘆息。《楚辭·離騷》：「曾歔欷余鬱邑兮，
哀朕時之不當。」

九十、邵亨貞 [1] 〈點絳唇〉　　《全金元詞》頁1100

追和趙文敏公舊作十首之二

客有持文敏公手書所做小詞一卷見示者，且求作長短句
題於後。公以承平王孫而嬰世變，離黍之悲，有不能忘情者，
故深得騷人意度。予生十有四年而公薨，每見先輩談公典型
問學，如天上人，未嘗不神馳夢想。昔東坡先生自謂不識范
文正公為平生遺恨，其意蓋可想見。此卷辭翰，不忝古人，
藹然貞元朝士。大意以謂擬古之作，魏晉以下，由來久矣，
僭以己意，追次元韻，其于先哲風流文采，或可備高唐想像
之萬一云。

萼綠仙人 [2]，孤山 [3] 雪後相逢處。舊時邸路。璨璨琅玕樹
[4]。　　玉山藍田，不受纖塵汙 [5]。長懷古。羅浮風度 [6]。夢
築幺禽去。

注解：

（1）邵亨貞：字復孺，號清溪。華亭（今上海松江）人，嘗為松江
府學訓導。著有《野處集》四卷、《蟻術詩選》八卷、《蟻術詞

選》四卷。類多傷春懷舊、詠物贈答。元末之動亂世相，詞人
之憂患嘆息，時現筆底。邵亨貞生卒年，張子良；唐圭璋；馬
興榮等皆作 1309 年～1401 年。

（2）蕚綠仙人：蕚綠華，參見李獻能〈江梅引〉（漢宮嬌額倦塗黃），
　　　注（2）。

（3）孤山：山名。在浙江杭州西湖中，孤峰獨聳，秀麗清幽。宋林
　　　逋曾隱居於此，喜種梅養鶴，世稱孤山處士。孤山北麓有放鶴
　　　亭和梅林。林逋的相關計載，參見李俊民〈洞仙歌〉（隴頭瀟灑），
　　　注（7）。

（4）舊時**邨路**。璨璨琅玕樹：舊時的鄉間小路，因為蕚綠仙人的造
　　　訪，使得此處變成仙境。以璨璨琅玕樹形容有梅花開處盡是仙
　　　境。

　　　邨路，鄉間小路。

　　　璨璨，明亮貌。唐白居易〈黑龍飲渭賦〉：「氣默默以黯黯，光
　　　燦燦而爛爛。」

　　　琅玕，傳說和神話中的仙樹，其實似珠。《山海經‧海內西經》：
　　　「服常樹，其上有三頭人，伺琅玕樹。」

（5）玉山藍田，不受纖塵汙：見著眼前的梅花有神仙般的獨特風韻，
　　　聯想自己也是名門之後，且不被世俗纖塵所染。

　　　玉山藍田，藍田生玉，比喻名門出賢子弟。藍田，在陝西省渭
　　　河平原南緣、秦嶺北麓、渭河支流灞河上流。秦置縣，以產美
　　　玉聞名。《南史‧謝莊傳》：「（謝莊）七歲能屬文，及長，詔令
　　　美容儀，宋文帝見而異之……曰：『藍田生玉，豈虛也哉！』」

　　　纖塵，微塵。唐張若虛〈春江花月夜〉：「江天一色無纖塵，皎
　　　皎空中孤月輪。」

（6）羅浮風度：羅浮，即羅浮仙子，見唐柳宗元《龍城錄》所記趙
　　　師雄夢見羅浮仙子一事，參見李俊民〈洞仙歌〉（隴頭瀟灑），
　　　注（6）。作者自比玉山藍田，不染纖塵，自然對羅浮仙子的獨

特於世俗之外，也有所稱道。

風度，指人的言談舉止和儀態。《後漢書·竇融傳論》：「嘗獨詳味此子之風度，雖經國之術無足多談，而進退之禮良可言矣。」

九十一、邵亨貞〈感皇恩〉 　　《全金元詞》頁 1100

追和趙文敏公舊作十首之三　憶梅

客裏訪南枝，幾番愁惱[1]。石徑蒼苔倩誰埽[2]。江畔人家，籬外一枝開早。雪中回首處，春猶好。　　如此清香，寒蠭應飽[3]。醉帽斜簪任欹[4]倒。而今相見，那似向時懷抱。舊遊常入夢，孤山道。[5]

注解：

（1）客裏訪南枝，幾番愁惱：身在異鄉，尋訪梅花花蹤，卻惹來幾番愁惱。

　　　客裏，離鄉在外期間。唐车融〈送范啓東還京〉：「客裏故人尊酒別，天涯遊子弊裘寒。」

　　　南枝，借指梅花。參見蔡松年〈念奴嬌〉（倦游老眼），注（12）。

（2）埽：同掃。《史記·魏其武安侯列傳》：「魏其與其夫人益世牛酒，夜灑埽，早帳具至旦。」

（3）如此清香，寒蠭應飽：寒蠭聞花香而來採蜜，即使只是聞聞清香，也有飽意。

　　　蠭，同蜂。

（4）欹：歪斜、傾斜。宋蘇軾〈瑞鷓鴣〉：「西興渡口帆初落，漁浦山頭日未欹。」

（5）孤山：山名。在浙江杭州西湖中，孤峰獨聳，秀麗清幽。宋林逋曾隱居於此，喜種梅養鶴，世稱孤山處士。參見李俊民〈洞仙歌〉（隴頭瀟灑），注（7）。

九十二、邵亨貞〈賀新郎〉　　《全金元詞》頁 1113

　　曹園紅梅數種十餘樹，雲西老人[1]手植也。時殊事異，殘枝存者無幾。其孫幼文命客飲於其下。永嘉曹新民[2]賦詞為詠，予適有出不與。越數日，幼文持卷來求次韻，席上口占以答。

　　海底珊瑚樹[3]。問鮫人、幾時擎出，碎為鮫露[4]。蒨女捨來紉成佩，妝點江南歲暮[5]。便撩映、含章牕戶[6]。更著絳綃籠玉骨[7]，怕黃昏、不向孤山路[8]。銀燭[9]暗，未歸去。　　夢中曾被梨雲[10]誤。最難忘、長沙形勝，水聲東注。若見何郎[11]須相報，不改揚州韻度[12]。到穠豔、尚堪重賦。一點酸心[13]渾不死，咲[14]桃根桃葉非吾故。空谷底，漫延佇[15]。

注解：

（1）**雲西老人**：曹知白（1272～1355）字又玄，號雲西，華亭人。大德中薦授崑山教諭，旋棄去，北游京師，不受舉剡，歸隱長谷中，日與賓客故人以詩酒相娛樂，學者尊之曰貞素先生。至元十五年卒，年八十四。

（2）**曹新民**：曹睿，字新民。永嘉人，徙華亭。元季為郡學訓導，明初遷松江教授。

（3）**珊瑚樹**：即珊瑚，因其形似樹，故稱。此處應是將梅樹喻為海底珊瑚樹，為切合以下所述關於人魚之事。《晉書·石崇傳》：「武帝每助愷，嘗以珊瑚樹賜之，高二尺許，枝柯扶疏，世所罕比。」

（4）**問鮫人、幾時擎出，碎為鮫露**：此句是將朵朵梅花，比作是人魚流淚所化成的串串珍珠。

　　鮫人，神話傳說中的人魚。晉張華《博物志》卷九：「南海外有鮫人，水居如魚，不廢織績……從水出，寓人家，積日賣絹。將去，從主人索一器，泣而成珠滿盤，以與主人。」

　　擎，持、取。唐杜甫〈三月三日歸溪上有作簡院內諸公〉：「藥許鄰人劚，書重從稚子擎。」

緐露，亦作繁路。古代帝王貴族冕旒上所懸的玉串。晉崔豹《古
今注·問答釋義》：「牛亨問曰：『冕旒以繁露，何也？』答曰：
『綴珠垂下，重如繁露也。』」

（5）**蒨女捨來紉成佩，妝點江南歲暮**：此句形容梅花開放，猶如蒨
女將串串珍珠縫紉成佩玉，用來妝點江南歲暮之景。

蒨女，美女。蒨，鮮明、鮮豔。南朝宋謝靈運〈山居賦〉：「水
香送秋而擢蒨，林蘭近雪而揚猗。」

佩，古代繫於衣帶的裝飾品，常指珠玉、容刀、帨巾、觽之類。
《詩·秦風·渭陽》：「我送舅氏，悠悠我思。何以贈之，瓊瑰
玉佩。」

歲暮，歲末，一年將終時。南朝宋顏延之〈秋胡詩〉：「歲暮臨
空房，涼風起坐隅。」

（6）**便揜映、含章牕戶**：揜映，掩映。唐韓愈〈謁衡岳〉：「夜投佛
寺上高閣，星月揜映雲朣朧。」

含章牕戶，此句引用壽陽公主臥於含章簷，梅花落下之典，然
而未著重在梅花妝。原典記載參見李俊民〈謁金門〉（偷造化），
注（2）。

牕，同窗。

（7）**玉骨**：梅花枝幹的美稱。唐馮贄《雲仙雜記》卷二：「袁豐居宅
後，有六株梅……（豐）嘆曰：『煙姿玉骨，世外佳人，但恨無
傾城笑耳。』即使妓秋蟾比之。」

（8）**孤山**：山名。在浙江杭州西湖中，孤峰獨聳，秀麗清幽。宋林
逋曾隱居於此，喜種梅養鶴，世稱孤山處士。參見李俊民〈洞
仙歌〉（隴頭瀟灑），注（7）。

（9）**銀燭**：謂明燭也。韓愈〈酒中留上襄陽李相公〉：「銀燭未消窗
送曙，金釵半醉座添春。」

（10）**梨雲**：指梨花雲、梨雲夢。梨花雲指夢中恍惚所見如雲似雪的
繽紛梨花。梨雲夢，指夢境。唐王建〈夢看梨花雲歌〉：「薄薄

落落霧不分，夢中喚作梨花雲。」

（11）何郎：何遜。何遜愛梅之事與詩，常爲後人詠梅所引用。何遜。
《古今圖書集成・博物彙編・草木典》引仇兆鰲注杜甫詩云：「何
遜爲揚州法曹，廨舍有梅樹一株，時吟詠其下。後居洛，思梅，
請再往從之。抵揚，花方盛開，對花徬徨終日。」

（12）韻度：風韻氣度。南朝宋劉義慶《世說新語・任誕》：「阮渾長
成，風氣韻度似父。」

（13）酸心：傷心。晉陸雲〈與楊彥明書〉：「朋類喪索，同好日盡，
如此生輩那可復多。」

（14）咲：笑的古字。《易》曰：「鳥焚其巢，旅人先咲而後咷。」顏
師古注：「咲，古笑字也。」

（15）空谷底，漫延佇：空谷，空曠幽深的山谷。多指賢者隱居的地
方。《詩・小雅・白駒》：「皎皎白駒，在彼空谷。」孔穎達疏：
「賢者隱居，必當潛處山谷。」

漫，聊，姑且。唐唐彥謙〈高平九日〉：「偶逢佳節牽詩興，偶
把芳樽遣客愁。」

延佇，停留；逗留。宋朱松〈答林康民見和梅花詩〉：「班荊勸
客小延佇，酌酒賦詩相料理。」

九十三、邵亨貞〈花心動〉　　《全金元詞》頁 1115

黃伯陽歲晚[1]見梅，適遇舊賦以贈別，持行卷來，求孫果
翁衛立禮[2]泊予皆和

東閣何郎，記當時，曾賞舊家紅萼[3]。綵筆賦詩，綠髮簪
花，多少少年行樂[4]。自從驚覺揚州夢，芳心事、等閒忘卻[5]。
斷魂[6]處，月明江上，路迷天角[7]。　　　老去才情頓薄。奈客
裏相逢，共傷漂泊。洗盡豔妝，留得遺鈿[8]，尚有暗香如昨。
歲寒天遠離杯[9]短，悤悤[10]去、孤懷[11]難託。向花道，春
來未應誤約。

注解：

（1）歲晚：猶歲暮。杜甫〈秋興〉：「一臥滄江驚歲晚，幾回青瑣點朝班。」

（2）衛立禮：衛德嘉（1287～1354）字立禮，號尚絅翁，華亭人，謙子。家居不仕，至元十四年卒，年六十八。

（3）東閣何郎，記當時，曾賞舊家紅萼：自比何遜，化用何遜梅花樹下賞梅之典。

東閣，閣名。指東亭。杜甫〈和裴迪登蜀州東亭送客逢早梅相憶見寄〉：「東閣官梅動詩興，還如何遜在揚州。」仇兆鰲注：「東閣，指東亭。」故址在今四川省崇慶縣東。或指款待賓客之所。何郎，南朝梁何遜。《古今圖書集成·博物彙編·草木典》引仇兆鰲注杜甫詩云：「何遜為揚州法曹，廨舍有梅樹一株，時吟詠其下。後居洛，思梅，請再往從之。抵揚，花方盛開，對花徬徨終日。」何遜〈揚州法曹梅花盛開〉：「兔園標物序，驚時最是梅。銜霜當路發，映雪似寒開。枝橫卻月觀，花繞凌風臺。朝灑長門泣，夕駐臨瓊杯。應知早飄落，故逐上春來。」

（4）綵筆賦詩，綠髮簪花，多少少年行樂：回憶以往年輕時，賦詩賞花的閒情雅致。

綵筆，《南史·江淹傳》：「（江淹）又嘗宿於冶庭，夢一丈夫自稱郭璞，謂淹曰：『吾有筆在卿處多年，可以見還。』淹乃探懷中得五色筆一以授之。爾後為詩絕無美句，時人謂之才盡。」后遂以「綵筆」稱五色筆，比喻美妙文才。

綠髮，烏黑而有光澤的頭髮。唐李白〈遊泰山〉：「偶然值青童，綠髮雙雲鬟。」

少年，年輕，年輕時。漢劉向《列女傳·陳寡孝婦》：「母曰：『吾憐汝年少早寡也。』」

行樂，消遣娛樂；遊戲取樂。漢楊惲〈報孫會宗書〉：「人生行樂耳，須富貴何時？」

（5）**自從驚覺揚州夢，芳心事、等閒忘卻**：昔日的年少情懷，只不
　　過是揚州一夢，轉眼間就已不再，不如就忘記過往的少年行樂罷。
　　揚州夢，唐杜牧〈遣懷〉：「十年一覺揚州夢，嬴得青樓薄倖名。」
　　杜牧隨牛僧孺出鎮揚州，嘗出入倡樓，後分務洛陽，追思感懷，
　　謂繁華如夢，故云。后用爲感懷之典實。
　　芳心，指花蕊。俗稱花心。宋蘇軾〈岐亭道上見梅花戲贈季常〉：
　　「數枝殘綠風吹盡，一點芳心雀啅開。」
　　等閒，亦作「等閑」，輕易、隨便。唐白居易〈新昌新居〉：「等
　　閑栽樹木，隨分占風煙。」

（6）**斷魂**：銷魂神往。形容一往情深或哀傷。唐宋之問〈江亭晚望〉：
　　「望水知柔性。看山欲斷魂。」

（7）**天角**：猶天涯。指遙遠的地方。宋周邦彦〈解連環〉：「料舟移
　　岸曲，人在天角。」

（8）**鈿**：用金、銀、玉、貝等制成的花朵狀的首飾。南朝梁劉孝威
　　〈採蓮曲〉：「露花時濕釧，風莖乍拂鈿。」

（9）**離杯**：謂離別時所飲之酒。唐司空曙〈雲陽館與韓紳宿別〉：「更
　　有明朝恨，離杯惜共傳。」

（10）**悤**：悤，同忽。明張自烈《正字通・心部》：「悤，隸作忽。」

（11）**孤懷**：孤高的情懷。唐孟郊〈連州吟〉：「孤懷吐明月，眾毀爍
　　黃金。」

九十四、邵亨貞〈角招〉　　《全金元詞》頁 1119

　　故園舊有老梅數樹，自庚午至庚辰，十載之閒，六遭巨浸，
無一存者。年來惟起步月前邨[1]之嘆。幸巳正月廿四日，曹雲
翁以紅蕚一枝見予，風度絕韻，舊感橫生，念之不置，因綴此
闋為解，併以謝翁焉。

　　夢雲[2]香。東風外，畫闌倚遍寒峭[3]。小梅春正好。漫憶
故園，花滿林沼[4]。天荒地老。但暗惜、王孫芳草[5]。鶴髮仙

翁洞裏，為分得一枝來，便迎人索咲⁽⁶⁾。膁曉。　　冷香窈靄，幽情雅澹，不減孤山道⁽⁷⁾。舊愁渾欲埽⁽⁸⁾。卻明朝、新愁縈繞。何郎⁽⁹⁾易惱。且約住、傷春懷抱。綵筆風流⁽¹⁰⁾未少。更何日，玉簫⁽¹¹⁾吹，金尊⁽¹²⁾倒。

注解：

（1）**步月前邨**之嘆：前村所指，應該是化用五代齊己〈早梅〉〈早梅〉：「前村深雪裡，昨夜一枝開。」原是前村深雪，踏雪尋梅，怎奈故園老梅數樹已不復存在，故只能月下散步，聊想梅花。

步月，謂月下散步。《南史・王藻傳》：「至於夜步月而弄琴，晝拱袂而披卷，一生之內，與此長乖。」

前邨，前村。邨，同村。《晉書・李特載記》：「可告諸邨，密剋期日，內外擊之，破之必矣。」

（2）**夢雲**：戰國楚宋玉〈高唐賦〉：「昔者先王嘗遊高唐，怠而晝寢，夢見一婦人，曰：『妾，巫山之女也，為高唐之客，聞君遊高唐，願薦枕席。』王因幸之。去而辭曰：『妾在巫山之陽，高丘之阻，旦為朝雲，暮為行雨，朝朝暮暮，陽臺之下。』旦朝視之，如言，故為立廟，號曰朝雲。」后因以夢雲指美女。

（3）**寒峭**：寒氣逼人。宋蔣捷〈解珮令〉：「梅花風悄、杏花風小，海棠風驀地寒峭。」

（4）**林沼**：林木與池沼。北周庾信〈邛竹杖賦〉：「摘芳林沼，行樂軒除，間尊卑之垂悅，隨上下之遊紆。」

（5）**王孫芳草**：王孫草。漢淮南小山〈招隱士〉：「王孫遊兮不歸，春草生兮萋萋。」后以王孫草指牽人離愁的景色。

（6）**鶴髮仙翁洞裏，為分得一枝來，便迎人索咲**：作者自比為白髮仙人，以逗樂他人以求得一枝梅。切合詞題所述曹雲翁贈紅梅，作者因此賦詞以謝之。

鶴髮，白髮。南朝梁庾肩吾〈八關齋夜賦四城門・第三賦南城

門老〉：「鶴髮辭軒冕，鮐背烹葵菽。」

迎人，迎接來人。宋梅堯臣〈對雪憶林逋〉：「樵童野犬迎人後，山葛棠梨案酒時。」

索咲，即索笑，逗樂。宋陸游〈別梅〉：「正喜巡簷來索笑，已悲臨水送將歸。」

（7）**冷香窈靄，幽情雅澹，不減孤山道**：梅花散發窈靄冷香，引發我高雅的情思，更勝林逋所述。

冷香，指花、果的清香。宋梅堯臣〈依韻和正仲重台梅花〉：「冷香傳去遠，靜豔密還增。」

窈靄，深遠；幽暗。南朝梁江淹〈雜體詩〉效王徵〈養疾〉：「窈靄瀟湘空，翠磵澹無滋。」

幽情，深遠或高雅的情思。漢班固〈西都賦〉：「攄懷舊之蓄念，發思古之幽情。」

雅澹，亦作雅淡，高雅恬靜。南朝宋徐陵〈晉陵太守王勵得政碑〉：「豐神雅澹，識量寬和。」

不減，不次於，不少於。晉陸機〈演連珠〉之四七：「臣聞虐暑薰天，不減堅冰之寒。」

孤山，代指林逋。

參見李俊民〈洞仙歌〉（隴頭瀟灑），注（7）。

（8）**埽**：同掃。除掉、消滅。漢班固〈答賓戲〉：「方今大漢洒埽群穢，夷險芟荒。」

（9）**何郎**：指何遜。《古今圖書集成・博物彙編・草木典》引仇兆鰲注杜甫詩云：「何遜爲揚州法曹，廨舍有梅樹一株，時吟詠其下。後居洛，思梅，請再往從之。抵揚，花方盛開，對花徬徨終日。」南朝梁何遜作〈揚州法曹梅花盛開〉詩：「兔園標物序，驚時最是梅。銜霜當路發，映雪似寒開。枝橫卻月觀，花繞凌風臺。朝灑長門泣，夕駐臨瓊杯。應知早飄落，故逐上春來。」

（10）**綵筆風流**：綵筆，《南史・江淹傳》：「（江淹）又嘗宿於冶庭，

夢一丈夫自稱郭璞，謂淹曰：『吾有筆在卿處多年，可以見還。』
淹乃探懷中得五色筆一以授之。爾後爲詩絕無美句，時人謂之
才盡。」后遂以「綵筆」稱五色筆，比喻美妙文才。

風流，形容文學作品超逸佳妙。唐薛濤〈贈段校書〉：「玄成莫
便驕名譽，

文采風流定不如。」

(11) 玉簫：玉制的簫或簫的美稱。宋齊愈〈八寶妝〉（秋宵有感）：「惆
悵夜久星繁，碧雲望斷，玉簫聲在何處？」

(12) 金尊：亦作金樽。酒尊的美稱。南朝宋謝靈運〈石門新營所住〉：
「芳塵擬瑤席，清醑滿金樽。」

九十五、柯九思 [1] 〈柳梢青〉　　《全金元詞》頁 1128

和揚無咎梅詞四首之一

懊恨春初，飄零月下，輕離輕隔。重醞梨雲，乍舒柳眼 [2]。
羞人曾識 [3]。　　已堪索笑尋籤 [4]，早准 [5] 備、憐憐惜惜。莫
是溪橋，纔先開却，試馳金勒 [6]。右和未開

注解：

(1) 柯九思：字敬仲，號丹丘生，又號五雲閣吏，台州仙居（今浙
江仙居）人。官至奎章閣鑒書博士。傳見《新元史》卷二二九。
工書畫，能詩文。詞存〈柳梢青〉和揚無咎梅詞四首。柯九思
生卒年，張子良《金元詞述評·金元詞人簡譜》未收錄柯九思；
唐圭章作 1312 年～1365 年；馬興榮等作 1290 年～1343 年。

(2) 重醞梨雲，乍舒柳眼：形容梨雲、柳葉共入春色。
醞，逐漸造成。宋陳與義〈題唐希雅畫寒江圖〉：「江頭雲黃天
醞雪，樹枝慘慘凍欲折。」
梨雲，梨花。宋周密〈瑤花慢〉：「曾未見，謾擬黎雲梅雪，淮
山春晚，問誰識、芳心高潔。」

柳眼，早春初生時柳葉的如人睡眼初展，因以爲稱。唐元稹〈生春〉詩之九：「何處生春早，春生柳眼中。」

（3）羞人曾識：梨花、柳葉初綻的嬌羞樣，彷彿曾經相識。

羞人，害羞；難爲情。唐劉言史〈山中喜崔補闕見尋〉：「白屋藤牀還共入，山妻老大不羞人。」

（4）索笑尋簪：化用唐杜甫〈舍弟觀赴藍田取妻子到江陵喜寄三首〉之二：「巡簷索共梅花笑，冷蘂疏枝半不禁。」

（5）准：同「準」。梁顧野王《玉篇‧冫部》：「准，俗準字。」

（6）金勒：借指坐騎。唐謝翃〈送田倉曹汴州覲省〉：「玉杯分湛露，金勒借追風。」

九十六、柯九思〈柳梢青〉　　《全金元詞》頁 1128

和揚無咎梅詞四首之二

姑射論量[1]。漸消冰雪，重試新妝。欲吐芳心，還羞素臉，猶吝清香。　　此情到底難藏。悄默默、相思寸腸。月轉更深，凌寒[2]等待，更倚西廊。右和欲開

注解：

（1）姑射論量：將梅花含苞欲放之樣擬人化。姑射神人所思量的，正是下一句所述要重試新妝打扮自己。

姑射，姑射神人，藉其肌膚雪白比擬白梅，切合之後所述素臉。《莊子‧逍遙遊》：「藐姑射之山，有神人居焉，肌膚若冰雪，綽約若處子。」

論量，思量。唐賈島〈就峰公宿〉：「上人坐不倚，共我論量空。」

（2）凌寒：冒寒。唐白居易〈風雪中作〉：「踏凍侵夜行，凌寒未明起。」

九十七、柯九思〈柳梢青〉　　《全金元詞》頁 1128

和揚無咎梅詞四首之三

翠苔輕搭[(1)]。南枝逗暖[(2)]，乍收漸霽。亂插繁花，快張華宴，繞衣千匝[(3)]。　　玉堂無限風流[(4)]，但只欠、些兒雪壓。任選一枝，折歸相伴，繡屏花鴨[(5)]。右和盛開

注解：

（1）**翠苔輕搭**：少許翠苔依付在梅花枝幹上。

　　翠苔，翠蘚綠苔也。唐杜牧〈題茶山〉：「溪盡停蠻櫂，旗張卓翠苔。」

　　輕，程度淺；數量少。唐杜牧〈朱坡絕句〉之二：「煙深苔巷唱樵兒，花落寒輕倦客歸。」

　　搭，附上，依附。唐司空圖〈歌者〉十二首：「鶴氅花香搭槿籬，枕前趬迸酒醒時。」

（2）**南枝逗暖**：形容梅花的綻放，顯露春天氣息。

　　南枝，借指梅花。參見蔡松年〈念奴嬌〉，注（12）。

　　逗，透露，顯露。南朝梁武帝〈藉田詩〉：「嚴駕佇霞昕，泹露透光曉。」

（3）**快張華宴，繞衣千匝**：趕快張設華宴以賞梅，梅花香氣繚繞四周。

　　張，陳設、張設。唐韓愈〈李公墓志銘〉：「上為之燕三殿，張百戲，公卿侍臣咸與。」

　　匝，周、圈。宋歐陽修〈千葉紅梨花〉：「徘徊繞樹不忍折，一日千匝 看無時。」

（4）**玉堂無限風流**：玉堂充滿著無限風韻。

　　玉堂，豪貴的宅第。南朝宋鮑照〈喜雨〉：「驚雷鳴桂渚，迴涓流玉堂。」

　　風流，參見張之翰〈太常引〉（幽香拍塞滿比鄰），注（5）。

（5）花鴨：謂鴨之毛色斑雜者，此處應指畫在繡屏上的裝飾圖樣。

　　杜甫〈江頭四詠〉花鴨：「花鴨無泥滓，階前每緩行。」

九十八、柯九思〈柳梢青〉　　《全金元詞》頁1128

　　和揚無咎梅詞四首之四

　　璚散殘枝⁽¹⁾。點窗歁歁，度竹遲遲⁽²⁾。欲訴芳情，曲中曾聽，畫裏重披。　　春移別樹相期，漸老去、何須苦悲。人日酣⁽³⁾春，臉霞⁽⁴⁾清曉，復記當時。右和將殘

注解：

（1）**璚散殘枝**：如美玉般的梅花逐漸凋零，隨風飄散。

　　璚，同瓊。藉以形容梅花顏色如瓊玉。宋李薦〈表高氏石公之墓〉：「璚田種藥期公壽，夜壑移舟忽夢分。」

（2）**點窗歁歁，度竹遲遲**：形容片片梅花飛散的樣子。

　　點，一觸即離。唐杜甫〈曲江二首〉之二：「穿花蛺蝶深深見，點水蜻蜓款款飛。」

　　歁，同款。款款，徐緩貌。

　　度，通「渡」。亦泛指過。用於空間或時間。《史記・田儋列傳》：「漢將韓信已平趙燕，用蒯通計，度平原，襲破齊歷下軍，因入臨淄。」

　　遲遲，漸漸地，慢慢地。唐陳子昂〈感遇詩三十八首〉之二：「遲遲白日晚，嫋嫋秋風生。」

（3）**酣**：謂飲酒盡興，半醉。此處應是形容被春色所吸引之態，盡興之餘，彷彿酣醉。彷彿唐李白〈行行且游獵篇〉：「金鞭拂雪揮鳴鞘，半酣呼鷹出遠郊。」

（4）**臉霞**：指泛在臉上的紅色。宋周邦彥〈醉桃源〉：「燒蜜炬，引蓮娃，酒香薰臉霞。」

九十九、陶宗儀⁽¹⁾〈一萼紅〉　　《全金元詞》頁 1131

賦紅梅，次郭南湖韻

水雲鄉⁽²⁾。又南枝逗暖⁽³⁾，綽約漢宮粧⁽⁴⁾。春豔濃分，朱鉛淺試，翠袖獨倚修篁⁽⁵⁾。想應道東風料峭⁽⁶⁾，翦霞彩，零亂補絢裳。勾漏尊真⁽⁷⁾，丹丘⁽⁸⁾授訣，傲睨冰霜。　　畢竟孤標還在，縱夭桃繁杏，難侶寒香⁽⁹⁾。瑪瑙坡頭，珊瑚樹底，江南別是春光。且莫倚、高樓玉管，怕輕盈飛處誤劉郎⁽¹⁰⁾。依舊小窗疎影，淡月昏黃。

注解：

（1）**陶宗儀**：字九成，黃巖人。父煜，元福建、江西行樞密院都事。宗儀少試有司，一不中即去，務古學，無所不窺。出游浙東、西，師事張翥、李孝光、杜本。為詩文，咸有程度。晚歲，有司聘為教官，非其志也。著有《草莽私承》一卷、《古刻叢抄》一卷、《游志續編》二卷、《書史會要》九卷、《補遺》一卷、《輟耕錄》三十卷、《南村詩集》四卷、《滄浪棹歌》一卷，又編有《說郛》一百二十卷。詞存六首，見《滄浪棹歌》，附於詩後。周泳先《唐宋金元詞鉤沉》輯為《南村詩餘》一卷。陶宗儀生卒年，張子良未注明；唐圭璋也無法明確界定；馬興榮等以為生於 1316 年，卒年不詳。

（2）**水雲鄉**：水雲迷漫，風景清幽的地方。多指隱者游居之地。宋蘇軾〈南歌子〉別潤守許仲途：「一時分散水雲鄉，惟有落花芳草斷人腸。」傅榦注：「江南地卑濕而多沮澤，故謂之水雲鄉。」

（3）**南枝逗暖**：形容梅花綻放，顯露春天氣息。參見柯九思〈柳梢青〉（翠苔輕搭），注（2）。

（4）**綽約漢宮粧**：梅花開放，猶如漢宮嬌額試新妝般，個個綽約多姿。綽約，柔婉美好貌。唐白居易〈長恨歌〉：「樓閣玲瓏五雲起，其中綽約多仙子。」

（5）修篁：修竹，長竹。唐張九齡〈南山下舊居閒放〉：「喬木凌青靄，修篁媚綠渠。」翠袖獨倚修篁，此句與唐杜甫〈佳人〉：「天寒翠袖薄，日暮倚修竹。」有相似的表達語意。

（6）料峭：形容微寒；亦形容風力寒冷、尖利。唐陸龜蒙〈京口〉：「東風料峭客帆遠，落葉夕陽天際明。」

（7）勾漏尊眞：勾漏仙人。

勾漏，亦作勾扁。山名，在今廣西北流縣東北。有山峰聳立如林，溶洞勾曲穿漏，故名。為道家所傳三十六小洞天的第二十二洞天。見《雲笈七籤》卷二七。

尊，稱呼對方的敬辭。宋歐陽修〈與梅聖俞書〉：「久不承問，不審尊體何似？」

眞，舊時所謂仙人。宋魏野〈尋隱者不遇〉：「尋眞誤入蓬萊島，香風不動松花老。」

（8）丹丘：亦作丹邱。傳說中神仙所居之地。《楚辭‧遠遊》：「仍羽人於丹丘兮，留不死之舊鄉。」王逸注：「丹丘晝夜常明也。」

（9）畢竟孤標還在，縱夭桃繁杏，難侶寒香：梅花秀出高枝，鮮豔盛麗的桃杏是無法與梅花相伴的。

孤標，指山、樹等特出的頂端。北魏酈道元《水經注‧涷水》：「東側磻溪萬仞，方嶺雲迴，奇峰霞舉，孤標秀出，罩絡羣山之美。」亦用以形容人品行高潔。《舊唐書‧杜審權傳》：「沖粹孕靈嶽之秀，精明涵列宿之光，塵外孤標，雲間獨步。」

夭，美盛貌。《詩‧周南‧桃夭》：「桃之夭夭，灼灼其華。」

寒香，形容梅花清冽的香氣。唐羅隱〈梅花〉：「愁憐粉豔飄歌席，靜愛寒香撲久罇。」

（10）且莫倚、高樓玉管，怕輕盈飛處誤劉郎：恐怕劉郎被梅花的美深深吸引，不想離開。

玉管，竹的美稱。唐韓琮〈風〉：「涼飛玉管來秦甸，暗裏花枝入楚宮」

劉郎，指東漢劉晨。南朝宋劉義慶《幽明錄》記載：「漢明帝永
平五年，剡縣劉晨、阮肇共入天台山，取穀皮，迷不得返……
度出溪邊，溪邊有二女子……酒酣作樂，劉阮忻怖交并。至暮
令各就一帳宿，女往就之，言聲清婉，令人忘憂，至十日後，
欲求還去……遂留半年。氣候草木，是春時，百鳥鳴呼，更懷
土，求歸甚苦。女曰：『當如此遂呼？』前來女子有三四十人，
集會奏樂，共送劉阮，指示還路。既出，親舊零落，邑屋全異，
無復相識，問得七世孫，傳聞上世入山，迷不得歸。」

一百、陶宗儀〈月下笛〉　　《全金元詞》頁 1132

賦落梅

東閣詩慳[(1)]，西湖夢殘[(2)]，好音難託[(3)]。香消玉削[(4)]。早
孤標非昨。阿誰[(5)]底事頻橫笛，不道是、江南搖落。向空階開
砌，天寒日暮，病鶴輕啄。　　情薄。東風惡[(6)]。試快覓飛瓊
[(7)]，共翔寥廓[(8)]。冰魂漠漠，謾憐金谷離索[(9)]。有時巧綴雙蛾
綠，天做就、宮妝綽約[(10)]。待一點脆圓成，須信和羹[(11)]問卻。

注解：

（1）**東閣詩慳**：因為梅花盛開之景已經不再，自然就無法觸發更多
　　詩興以作詩。此句東閣，或引申自杜甫詩，以對照一是早梅詩
　　興；一是落梅詩慳。
　　東閣，閣名。指東亭。杜甫〈和裴迪登蜀州東亭送客逢早梅相
　　憶見寄〉：「東閣官梅動詩興，還如何遜在揚州。」仇兆鰲注：「東
　　閣，指東亭。」故址在今四川省崇慶縣東。或指款待賓客之所。
　　慳，不多，稀少。唐韓愈〈酬山南鄭相公樊員外〉：「辭慳義卓
　　闊，呀豁疚捎掘。
（2）**西湖夢殘**：原本梅花開放，予人有如身處西湖夢境般，如今卻
　　已經是梅花凋謝。

　　西湖，湖名。以西湖名者甚多，多以其在某地之西爲義。此句
　　西湖蓋申自愛梅的林逋結廬於西湖孤山之事。參見李俊民〈洞
　　仙歌〉（隴頭瀟灑），注（7）。

（3）**好音難託**：蓋引申自陸凱〈贈范曄〉詩：「江南無所有，聊贈一
　　枝春。」贈友一枝春，以告知春信消息，只可惜如今徒有落梅，
　　自無好音相寄。

　　好音，猶言好消息。《詩・檜風・匪風》：「誰將西歸，懷之好音。」

（4）**香消玉削**：形容女子憔悴消瘦。此處應指梅花凋零之樣彷彿女
　　子憔悴消瘦。

（5）**阿誰**：疑問代詞，猶言誰、何人。《樂府詩集・橫吹曲辭五・紫
　　騮馬歌辭》：「道逢鄉里人，家中有阿誰？」

（6）**情薄。東風惡**：此句化自陸游〈釵頭鳳〉（紅酥手）：「東風惡，
　　歡情薄。」

（7）**飛瓊**：仙女名。后泛指仙女。《漢武帝內傳》：「王母乃命諸侍女……
　　許飛瓊鼓震靈之簧。」唐顧況〈梁廣畫花歌〉：「王母欲過劉徹
　　家，飛瓊夜入雲軿車」

（8）**寥廓**：寥闊的天空。《漢書・司馬相如傳》：「觀者未睹指，聽者
　　未聞音，猶焦朋已翔忽寥廓，而羅者猶視乎藪澤，悲夫！」顏
　　師古注：「寥廓，天上寬廣之處。」

（9）**冰魂漠漠，謾憐金谷離索**：梅花片片凋零，使得花木茂盛的園
　　林顯得蕭索，令人憐惜。

　　冰魂，借指梅花，因其清白純淨與冰霜相似。宋蘇軾〈松風庭
　　下梅花盛開〉：「羅浮山下梅花村，玉雪爲骨冰爲魂。」

　　漠漠，密布貌，布列貌。晉陸機〈君子有所思行〉：「廛里一何
　　盛，街巷紛漠漠。」

　　謾憐，空憐、徒憐。

　　金谷，谷名，晉石崇構園於此，世稱金谷園。此處借金古園用
　　指精心建築的花園，並非特指晉石崇的金谷園。宋趙長卿〈念

奴嬌〉（碧含笑）:「趁得年光，長是向、金谷無花時候。」

離索，蕭索。《北齊書・元孝友傳》:「設令人強志廣娶，則家道離索，身事迍邅，內外親知，共相嗤怪。」

（10）**有時巧綴雙蛾綠，天做就、宮妝綽約**:此句蓋化用自壽陽公主梅花妝一事。原典記載參見李俊民〈謁金門〉（偷造化），注（2）。**雙蛾**，指美女的兩眉。蛾，蛾眉。南朝梁沈約〈昭君辭〉:「於茲懷九逝，自此斂雙蛾。」

綽約，柔弱美好貌。《莊子・逍遙遊》:「藐姑射之山，有神人居焉，肌膚若冰雪，綽約若處子。」

（11）**和羹**:用以比喻大臣輔助君主綜理國政。《書・說命下》:「若作和羹，爾惟鹽梅。」孔傳:「鹽，鹹;梅，醋。羹須鹹醋以和之。」

一百零一、凌雲翰 [(1)] 〈獅兒詞〉 　《全金元詞》頁 1147

賦梅，和仇山村 [(2)] 韻

蹇驢 [(3)] 破帽，知是幾度尋春，山南山北。惆悵亭荒仙遠，苔枝空綠。村醪正熟 [(4)]。為花醉、何妨留宿。春光似怕人冷落，先回空谷 [(5)]。　瀟灑生意 [(6)] 自足。有高標 [(7)]、不厭矮籬低屋。與雪相期，側耳隔窗蟲撲。晚晴縱步，又還信、一枝篜竹 [(8)]。莫嫌獨。自在畫闌東曲 [(9)]。

注解:

（1）**凌雲翰**:字彥翀，號柘軒，錢塘（今浙江杭州）人。至正間舉浙江鄉試，授平路學正，不赴。洪武十四年，為鄉人官於外郡者飛舉，里胥臨門，迫脅上路，到京授四川學官。坐貢舉乏人，謫南荒以卒，歸骨西湖。柘軒詞集》四卷。朱祖謀《彊村叢書》輯為《柘軒詞》一卷，凡二十八首。生卒年不詳。

（2）**仇山村**:仇遠，字仁近，一字仁父，號山村，錢塘（今浙江杭州）人

（3）蹇驢：跛驢。

　　蹇，劣馬或跛驢。《漢書・敍傳上》：「是故駑蹇之乘，不騁千里之塗；燕雀之疇，不奮六翮之用。」

（4）苔枝空綠。村醪正熟：花下飲酒。

　　空綠，空明澄碧。南朝梁武帝〈西洲曲〉：「卷簾天自高，海水搖空綠。」

　　村醪，村酒。醪，本指酒釀。引申為濁酒。唐司空圖〈柏東〉：「免教世路人相忌，逢者村醪亦不憎。」

（5）空谷：空曠幽深的山谷。多指賢者隱居的地方。《詩・小雅・白駒》：「皎皎白駒，在彼空谷。」孔穎達疏：「賢者隱居，必當潛處山谷。」

（6）生意：意態。唐皎然〈鄭容全成蛟形木機歌〉：「蒼山萬重採一枝，形如汽車生意奇。」

（7）高標：高枝、高樹。泛指高聳特立之物。唐李白〈蜀道難〉：「上有六龍回日之高標，下有衝破逆折之回川。」

（8）晚晴縱步，又還信、一枝筇竹：晚晴時分，恣意散步，拄著一枝手杖，隨意歸來。

　　晚晴，謂傍晚晴朗的天色。唐杜審言〈春日江津遊望〉：「旅客搖邊思，春江弄晚晴。」

　　縱步，漫步。唐柳宗元〈楚歸賦〉：「老聃遁而適戎兮，指淳茫以縱步。」

　　信，任意，聽任。《荀子・哀公》：「故明主任計不信疑，闇主信怒不任計。」

　　筇竹，竹名，因高節實中，常用以為手杖，為杖中之珍品。宋陸遊〈出游〉：「來往人間不計年，一枝筇竹雪垂肩。」

（9）曲：彎曲的地方。宋張先〈菩薩蠻〉（憶郎還上層樓曲）：「憶郎還上層樓曲，樓前芳草年年綠。」